米田明美 編

伝慈円筆 古今和歌集

甲南女子大学蔵

和泉書院

真名序朱筆箇所

上一オ

思慮易遷哀樂相變感生
於志詠彰於言是以逸者其聲
樂怨者其吟悲可以述懐可以發
憤動天地感鬼神化人倫和夫婦

上二オ

神異或興入幽玄但見上古歌多

上二ウ

間有山邊赤人者並和歌仙也其餘

上三オ

漓人貴奢淫浮詞雲興艶流泉涌
其實皆落其花孤榮至有好色之
家以此爲花鳥之使乞食之客以

上三オ

正尤得歌躰然其詞花而少實如圖

上三ウ

色而有薫香文屋康秀詩文琳
巧詠物然其躰近俗如賈人之着

上四オ

此外氏姓流聞者不可勝數其大底
皆以艶為基不知和謌之趣者也俗

上四オ

兼相将富餘金銭而骨未腐於土中

上四ウ

流如野相名雅情如在納言而皆依

上四ウ

于今九載仁流秋津洲之外恵茂

上五オ

史等各獻家集幷古来舊謌
於是重有詔部類所奉謌勒為二

（朱）曰續萬葉集　（朱）之

上五ウ

歳次乙丑四月十五日臣貫之等謹序

目次

凡例

一、本書は、伝慈円筆本『古今和歌集』（甲南女子大学図書館蔵）を九一％に縮約して影印したものである。

一、表紙、遊紙等を含めてそのまま影印した。

一、歌番号、16・277・688・962の墨筆箇所不鮮明に付き、二二九頁にそれを補遺として印し、当該歌番号箇所にそれを示した。

一、各丁には、三オ（底本の墨付き三枚目オモテ）、一二ウ（底本の墨付き十二枚目ウラ）などと欄外の左右に示した。

一、参照の便をはかって、各歌の頭に、36、567、……などのように、歌番号を付した。この歌番号は、底本に定家自筆本を用いた『新編国歌大観』（伊達家旧蔵本）・『古今和歌集全評釈』（冷泉家時雨亭文庫蔵本）と同じである。

一、なお、底本の詳細については、「解題」に述べたので、参照されたい。

古今和歌集　上

表紙

正筆書

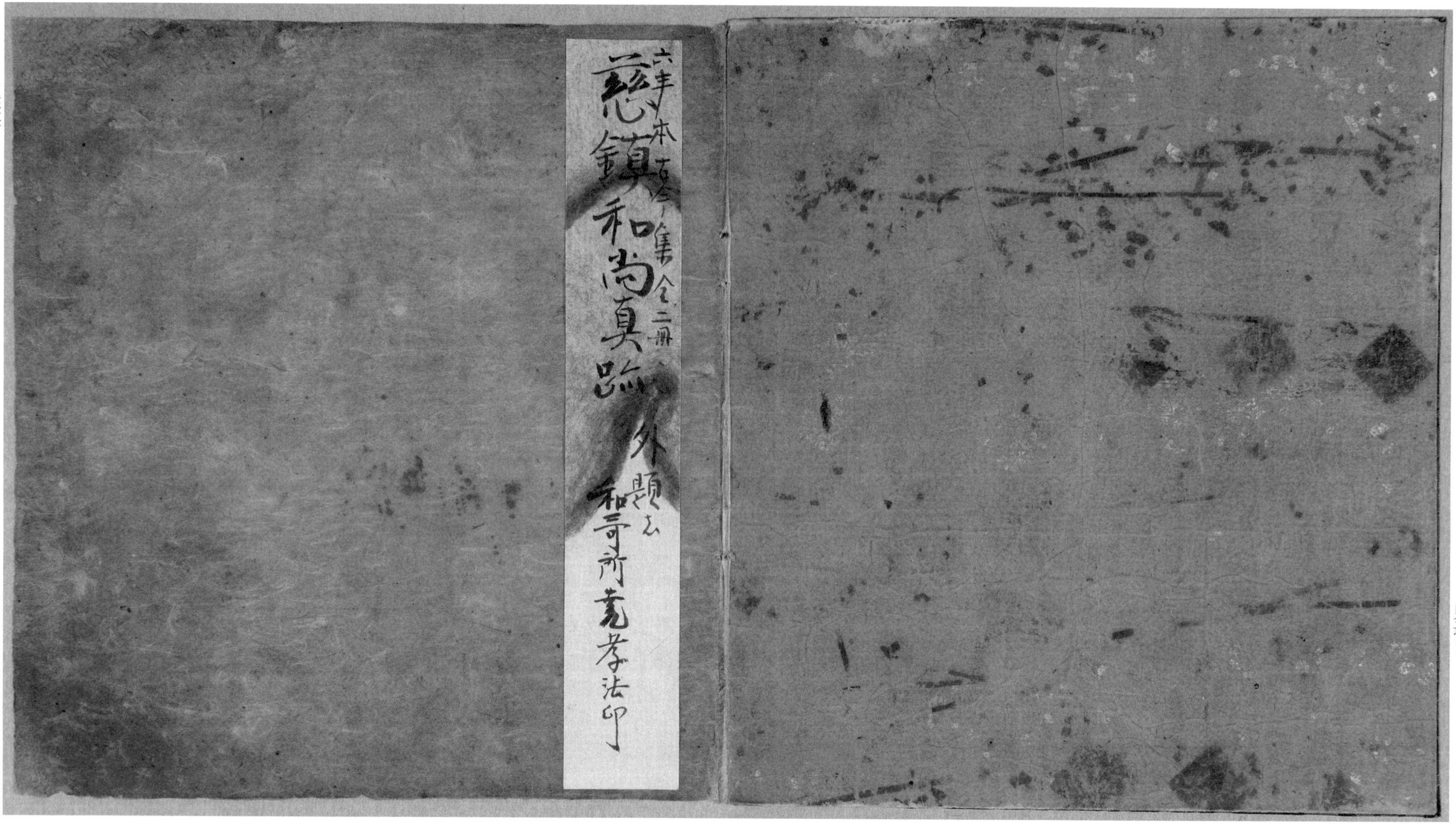

遊紙

見返し

古今和詩集序

夫和詩者託其根於心地發其花於詞林者也人之在世不能無為思慮易遷哀樂相變感生於志詠彰於言是以逸者其聲樂怨者其吟悲可以述懐可以發憤動天地感鬼神化人倫和夫婦莫宜於和詩々々有六義一曰風

二曰賦三曰比四曰興五曰雅六曰頌
若夫春鶯之囀花中秋蝉之吟
樹上雖無曲折各發詩謡物皆有
之自然之理也然而神世七代時質
人淳情欲無分和詩未作逮于素
戔烏尊到出雲國始有三十一字
之詠今反詩之作也其後雖天神
之孫海童之女莫不以和詩通情

者爰及人代此風大興長詩短詩
旋頭混本之類雜躰非一源流漸
繁譬猶拂雲之樹生自寸苗之煙浮天
之波起於一滴之露至如難波津之什
獻天皇富緒川之篇報太子或事關
神異或興入幽玄但見上古詩多
存古質之語未為耳目之翫徒為
教戒之端古天子毎良辰美景詔

侍臣預宴莚者獻和詩君臣之情
由斯可見賢愚之性於是相分所
随民之欲擇士之才也自大津皇子
之初作詩賦詞人才子慕風繼塵
移彼漢家之字化我日域之俗民業
一改和詩漸衰然猶有先師柿本
大夫者高振神妙之思獨歩古今
之間有山邉赤人者並和詩仙也其餘

業和詩者綿々不絶及彼時變澆
漓人貴奢婬浮詞雲興艶流泉涌
其實皆落其花孤榮至有好色之
家以此為花鳥之使乞食之客以此
為活計之媒故半為婦人之右難進
大夫之前近代存古風者纔二三人
而已然長短不同論以可辨花山僧
正尤得詩體然其詞花而少實如圖

畫好女徒動人情在原中将之謌其
情有餘其詞不足如萎花雖少彩
色而有薫香文屋康秀謌文琳
巧詠物然其躰近俗如賈人之着
鮮衣宇治山僧喜撰之謌其詞華
麗而首尾停滞如望秋月遇暁雲
小野小町之謌古衣通姫之流也然
艶而無氣力如病婦之着花粉大

友黒主之謌古猿丸大夫之次也頗有
逸興而躰甚鄙如田夫之息花前也
此外氏姓流聞者不可勝数其大底
皆以艶為基不知和謌之趣者也俗
人争事栄利不用和謌悲哉〻雖貴
兼相将富餘金錢而骨未腐於土中
名先滅於世上適為後葉被知者唯
和謌之人而已何者語近人耳義通

神明也昔平城天子詔侍臣令撰萬
葉集自尒以来時歴十代數過百
年其間和謌弃不被採用雖風
流如野相公雅情如在納言而皆以
他才聞不由斯道顯伏惟陛下御宇
于今九載仁流秋津洲之外惠茂
筑波山之陰淵變為瀬之聲寂々閑
口砂長為巖之頌洋々満耳思継

既絶之風欲興久廢之道爰詔大
内記紀友則御書所預紀貫之前甲
斐少目凡河内躬恒右衛門府生壬生
忠岑等各献家集并古来舊謌
於是重有詔部類所奉之謌勒為二
十巻名曰古今和謌集臣等詞少春
花之艶名竊秋夜之長况哉進恐
時俗之嘲退慙才藝之拙適遇和

真名序

謌之中興以楽吾道之再昌嗟呼人丸
既没和謌不在斯哉于時延喜五年
歳次乙丑四月十五日臣貫之等謹序

上五ウ

仮名序

やまとうたは人のこゝろをたねとして
よろつのことのはとそなれりける
よの中にある人ことわさしけき
ものなれは心におもふことを
みるものきくものにつけていひ
いたせるなり花になくうくひす
水にすむかはつのこゑをきけは
いきとしいけるものいつれかうたを

上六オ

よまさりけるちからをもいれす
してあめつちをうこかしめにみえぬ
おに神をもあはれとおもはせ
をとこ女のなかをもやはらけた
けきもののふの心をもなくさ
むるは哥也この哥あめ
つちのひらけはしまりける時より
いてきにけり
あめのうきはしのしたにて
めかみをかみとなり給へる

ことをいへる
哥なり
しかあれとも世につたはることは
ひさかたのあめにしては
したてるひめにはしまり
したてるひめとはあめわかみこのめなりせうとの神のかたちをかたにうつりて
かゝやくをよめるえひすうたなるへしこれらはもしのかすもさたまらすうたのやうにもあらぬことゝもなり
あらかねのつちにしてはすさのをの
みことよりそおこりけるちはや
ふる神世にはうたのもしもさたまらす

すなほにしてことの心わきかた
かりけらし人のよとなりてす
さのをのみことよりそみそもし
あまりひともしはよみける　すさのをのみこと
とはあまてるおほん神のこのかみなり
女とすみたまはんとていつものくにゝ宮
つくりしたまふときにそのところにやいろ
のくものたつを見てよみたまへるなり
や雲たついつもやへかきつまこめに
やへかきつくるそのやへかきを

かくてそ花をめてとりをうら
やみかすみをあはれひつゆをか
なしふこゝろことはおほくさま
さまになりにけるとほき所もいて
たつあしもとよりはしまりて年月をわ
たりてたかき
山もふもとのちりひちよりなりて
あまくもたなひくまておひのほれる

おひのほれるかことくにこの哥も
かくのことくなるへしなにはつの
哥はみかとのおほむはしめなり
おほさゝきのみかとのなにはつにてみ
こときこえける時東宮をたかひにゆつりて
くらゐにつきたまはてみとせに
なりにけれは王仁といふ人のいふかり思
てよみてたてまつりける哥なり
この花はむめの花をいふなるへし
あさかやまのことはゝうねめの
たはふれよりよみて　かつらきのおほきみ

をみちのおくへつかはしたりけるにくにの
つかさことおろそかなりとてまうけ
なとしたりけれとすさましかりけれは
うねめなりける女のかはらけとりて
よめるなりこれにそおほきみの
心とけにける　此ふた哥は哥の
ちゝはゝのやうにてそてならふ人の
もはしめにもしける　そもそも哥のさま
むつなりからの哥にもかくそある
へきそのむくさのひとつにはそへ哥
おほさゝきのみかとをそへたてまつれ

仮名序

上九ウ

そへ哥
なにはつにさくやこの花ふゆこもり
いまは春へとさくやこのはな
といへるなるへしふたつにはか
そへ哥
さく花におもひつくみのあちきなさ
みにいたつきのいるもしらすて
といへるなるへし　これはたゝことにいひて

仮名序

上一〇オ

なしものなりこのうたいかにいへるにか
あらんそのこゝろえかたしいつゝには
たゝことうたといへるなんこれには
かなふへき　みつにはなそ
らへ哥
きみにけさあしたのしものおきていなは
こひしきことにきえやわたらん
といへるなるへし

よつにはたとへうた
わかこひはよむともつきしありそうみの
はまのまさこはよみつくすとも
といへるなるへし　これはよろつのくさき
とりけたものにつけて
てこゝろをみするなり　このうたはかくれ
たるところなむなき　されともはしめの
そへうたとおなしやうなれはすこしさまを
かへたるなるへし　すまのあまのしほ
やくけふりかせをいたみおもはぬかたに
たなひきにけり　この哥なとや
かなふ
へらん　いつゝにはたゝこと哥

いつはりのなきよなりせはいかは
かり人のことのはうれしからまし
といへるなるへし　これはことのとゝの
ほりたゝしきをいふなり　この哥の心さらにかなはす　とめ
哥とやいふへからむ　やまさくらあくまて
いろをみつるかな花ちるへくも　むつにはい
かせふかぬよに
はひ哥
このとのはむへもとみけりさきくさの
みつはよつはにとのつくりせり

こゝろなるへし　[illegible]
[illegible]
[illegible]
[illegible]
[illegible]
なしいまの世中いろにつき人
のこゝろはなになりにけるより
あたなる哥はかなきことのみいてく
れはいろこのみのいゑにむもれきの
人しれぬことゝなりてまめなる所

には花すゝきほにいたすへき事
にもあらすなりにたりそのはしめ
をおもへはかゝるへくなんあらぬいにしへ
のよゝのみかと春の花のあした
秋の月のよことにさふらふ人々をめして
ことにつけつゝ哥をたてまつらしめ
給ふあるは花をそふとてたより
なき所にまとひあるは月を思ふとて

あるは月をおもふとてしるべなき闇にたどれる心々を見給ひてさかしおろかなりとしろしめしけむしかあるのみにあらずさゞれいしにたとへつくば山にかけて君をねがひよろこびみにすぎたのしび心にあまりふじのけぶりによそへて人をこひまつむしのねにともを

しのび高砂すみのえの松もあひおひのやうにおぼえおとこ山の昔をおもひいでてをみなへしのひとときをくねるにも哥をいひてぞなぐさめける又春の朝に花のちるを見秋の夕ぐれに木の葉のおつるをきゝあるは年ごとにかゞみのかげに見ゆる雪と浪とをなげき

草乃つゆ水のあはをみてわ
かみをおとろきあるはきのふはさかえ
おこりて時をうしなひ世にわびしたしかり
しもうとくなれり
あるはまつ山の浪をかけ野中の
水をくみ秋はきのした葉をなかめ
あかつきのしきのはねかき
をかそへあるはくれ竹のうき
ふしを人にいひ芳野河をひきて
世中をうらみきつるにいまはふ
しの山もけふりたゝすなりなからのはし
もつくるなりときく人は歌
にのみそこゝろをなくさめける
いにしへよりかくつたはるうちにも奈
良の御時よりそひろまりにけるかの御
代や歌のこゝろをしろしめしたりけむ

けんかの御時におほきみつのくらゐ
かきのもとの人まろなん哥のひしりなりける
これはきみも人も身
をあはせたりといふなるへし
秋の夕へ竜田河になかるゝ
もみちをはみかとの御めには錦と
みたまひ春の朝よしのの山の
さくらは人丸か心には雲かとのみなん

おほえける又山のへのあか人といふ
人ありけり哥にあやしくたへなる
なりけり人丸はあか人かかみにたゝ
んことかたくあか人は人丸かしもにたゝ
んことかたくなんありける
ならのみかとの御哥
竜田河もみちみたれてなかるめり
わたらはにしきなかやたえなん

人丸

梅花それともみえす久かたの
あまきる雪のなへてふれゝは
ほの／＼とあかしの浦のあさ霧に
島かくれゆく舟をしそ思

赤人

春のゝにすみれつみにとこしわれそ
のをなつかしみひとよねにける

わかの浦にしほみちくれはかたをなみ
あしへをさしてたつなきわたる
この人々をおきて又すくれたる
人もくれ竹のよゝにきこえ
かたいとのよりよりにたえすなむありける
これよりさきの哥をあつめ
てなん万葉集となつけられたりける
こゝにいにしへのことをも哥の心をも

をよ志る人わつかにひとりふたり
なりき志かあれとこれかれえたる
ところゑぬところたかひになむある
なむあるかの御ときよりこのかた
年はもゝとせあまり世はとつきに
なむなりにけるいにしへのことを
哥の心をも志れる人よむ人おほ
からすいまこのことをいふにつかさ

くらゐたかき人をはたやすきやうなれは
いれすそのほかにちかき世に
そのなきこえたる人はすなはち
僧正遍昭は哥のさまはえたれとも
まことすくなしたとへはゑにかける
女をみていたつらに心をうこかすか
ことし

あさみとりいとよりかけて白露を

玉にもぬけるはるのやなきか
はちすはのにこりにしまぬ心もて
なにかはつゆをたまとあさむく
さかのにてむまよりおちてよめる
なにめてゝをれるはかりそをみなへし
われおちにきと人にかたるな
在原の業平はその心あまりて
ことはたらすしほめる花のい

ろなくてにほひのこれるかこ
とし
月やあらぬ春やむかしの春ならぬ
わか身ひとつはもとの身にして
おほかたは月をもめてしこれそこの
つもれは人のおいとなるもの
ねぬるよのゆめをはかなみまとろめは
いやはかなにもなりまさるかな

文屋乃康秀ハことばゝたくみにて
そのさま身におはずいはゞあき人
のよききぬきたらんがごとし
吹からに野への草木のしをるれば
むべ山風をあらしといふらん
深草のみかどの御國忌に
草ふかきかすみのたにゝかげかくし
てる日のくれしけふにやはあらぬ

宇治山乃僧きせんハことばかすかに
してはじめをはりたしかならず
いはゞ秋の月をみるにあかつきの
雲にあへるがごとし
我庵ハ都のたつみしかぞすむ
よをうぢ山と人はいふなり
よめる哥おほくきこえねばかれこれを
かよはしてよくしらず

小野小町はいにしへのそとほりひ
めの流なりあはれなるやうにてつよ
からずいはゞよき女のなやめる所
あるにゝたりつよからぬは女の歌
なればなるべし
思つゝぬればや人のみえつらん
ゆめとしりせばさめざらましを
いろみえでうつろふ物は世の中の

人の心の花にぞありける
わびぬれば身をうき草のねをたえ
てさそふ水あらばいなんとぞ思ふ
そとほりひめの歌
わがせこがくべきよひなりさゝがにの
くものふるまひかねてしるしも
大友の黒主はそのさまいやしいはゞた
きゞおへる山人の花のかげにやすめるがごとし

なし
おもいてこれしきはさかえつかふみ
わすれてまたるゝ人はしるや
かの山いさたちしりてみてゆん
こゝへわするゝにわいやしわるゝ
むかしの人のものわすれきこゆる野へ
またゆくのまゐもいふいたらや
秋くさはたのもの花すくにあり

仮名序

られと富士の山もけふりたゝすなり
わなかるゝしかるにはすへきみ
高砂の秋にたちしたもとりのむかしの
こゝはおかしのうたのれにまつあ
まされきはおもしらけくしらのれこやこ
ゆめのかゝるこゝなすわれしわなきやなし
めくらのなけ行くい山のふかきより
手秋くくこきさ秋さしてまゐれ

よろつのまつりことをきこしめすいとまも
ろ〳〵のことをすてたまはぬあまりに
いにしへのことをもわすれしふり
にしことをもおこしたまふとて
いまもみそなはしのちの世にもつたはれ
とて延喜五年四月十八日に大内記
きのとものり御書所のあつかり
紀貫之前の甲斐の少目凡河内躬

恒右衛門のふ生みふのたゝみね
らにおほせられて万葉集にい
らぬふるき哥みつからのをもたてまつ
らしめたまひてなむそれかなかに梅を
かさすよりはしめてほとゝきすを
きゝもみちををりゆきをみるに
いたるまて又つるかめにつけてき
みをおもひ人をもいはひあきはき

はくさを見てつまをこひあふ
さかやまにいたりてたむけを
いのりあるは春夏秋冬にもいら
ぬくさくさのうたをなむえらはせ
たまひけるすへてちうたはたまきな
つけて古今和歌集といふかくこの
たひあつめえらはれて山したみつのた
えすはまのまさこのかすおほく

仮名序

つもりぬれはいまはあすかゝはのせにな
るうらみもきこえすさゝれいしの
いはほとなるよろこひのみそあるへき
それまくらことは春の花にほひ
すくなくしてむなしき名のみ秋
の夜のなかきをかこてれはかつは
人のみゝにおそりかつはうたのこゝ
ろにはちおもへとたなひく雲のたち

なくしかのおきふしはつらゆき
らかこのよにおなしくむまれて
このことの時にあへるをなむ（イ元）
よろこひぬる人丸なくなりにたれと
うたのことゝとまれるかなたとひ時
うつりことさりたのしひかなしひ
ゆきかふともこの哥のもしあるを
やあをやきのいとたえす松のは

のちりうせすしてまさきのかつら
なかくつたはりとりのあと
ひさしくとゝまれらはうたのさま
をもしりことの心をえたらむ人は
おほそらの月をみるかことくにいにしへ
をあふきていまをこひさらめかも

古今和哥集巻第一

春哥上

1

ふるとしに春たちける日よめる　在原元方

年のうちに春はきにけりひとゝせを
こそとやいはんことしとやいはん

2

春たちける日よめる　紀貫之

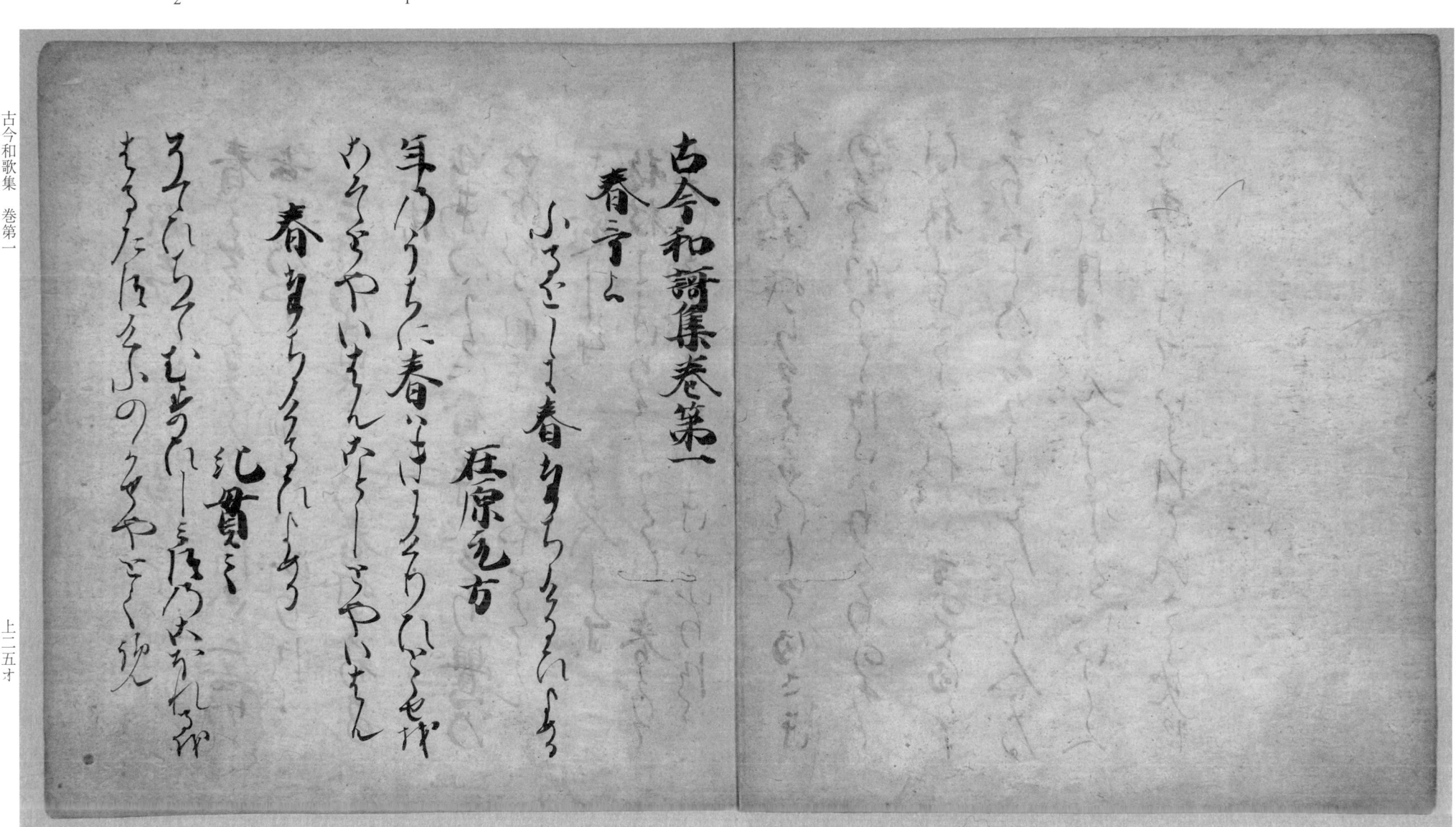

そてひちてむすひし水のこほれるを
はるたつけふのかせやとくらん

3

題しらす　よみ人しらす
春かすみたてるやいつこみよしのゝ
吉野の山にゆきはふりつゝ

4

二條のきさきの春のはしめの
御うた
ゆきのうちに春はきにけり鶯の
こほれるなみたいまやとくらん

5

題しらす　よみ人しらす
梅枝にきゐるうくひす春かけて
なけともいまたゆきはふりつゝ

6

雪のきにふりかゝれるをよめる
素性法師
春たては花とやみらんしらゆきの
かゝれるえたにうくひすのなく

7

題しらす　よみ人しらす
心さしふかくそめてしをりけれは
きえあへぬゆきの花とみゆらん
ある人のいはくさきのおほき
おほいまうちきみのうたなり
二條の后の春宮のみやすん所と申け
る時正月三日おまへにめし

仰ことあるあひたに
日はてりなからゆきのかしら
にふりかゝりけるをよませ
給ひける
文屋やすひて

8 春の日のひかりにあたる我なれと
かしらのゆきとなるそわひしき

ゆきのふりけるをよめる
つらゆき

9 かすみたちこのめも春の雪ふれは
花なきさとも花そちりける

春のはしめによめる
ふちはらのことなほ

10 春やとき花やおそきとききわかん
うくひすたにもなかすもあるかな

春のはしめのうた
みふのたゝみね

11 春きぬと人はいへともうくひすの
なかぬかきりはあらしとそ思ふ

寛平御時后宮の哥合の哥
源当純 近院右大臣子

12 たに風にとくるこほりのひまことに

うちいつるなみや春のはつ花

13
紀友則
花のかを風のたよりにたくへてそ
うくひすさそふしるへにはやる

14
大江千里
うくひすのたにより出るこゑなくは
春くることをたれかしらまし

15
在原棟梁
春たてと花もにほはぬ山さとは
ものうかるねにうくひすそなく

16 補遺229頁
題しらす　よみ人しらす
野へちかくいへゐしせれは鸎の
なくなるこゑはあさなあさなきく

17
かすかのはけふはなやきそわかくさの
つまもこもれりわれもこもれり

18
かすかのゝとふひのゝもりいてゝみよ
いまいくかありてわかなつみてむ

19
みやまにはまつのゆききえなくに
みやこはのへのわかなつみけり

20
あつさゆみおして春さめけふふりぬ
あすさへふらはわかなつみてむ

仁和のみかとみこにおましましける時に
人にわかなたまひける御うた

21
きみかため春のゝにいてゝわかなつむ
わかころもてにゆきはふりつゝ
22
哥たてまつれとおほせられし時
よみてたてまつれる
つらゆき
かすかのゝわかなつみにや白妙の
そてふりはへて人のゆくらん
23
題しらす
在原行平朝臣
春のきるかすみの衣ぬきをうすみ
山かせにこそみたるへらなれ
24
寛平御時后宮の哥合によめる
源むねゆきの朝臣
ときはなる松のみとりも春くれは
いまひとしほの色まさりけり
25
哥たてまつれとおほせられし時に
よみてたてまつれる
つらゆき
わかせこか衣はるさめふることに
のへのみとりそいろまさりける
26
あをやきのいとよりかくる春しもそ
みたれて花のほころひにける
西大寺のほとりのやなきをよ
める

僧正遍昭
27 あさみとりいとよりかけてしらつゆを
たまにもぬける春のやなきか
題しらす　よみ人しらす
28 もゝちとりさへつる春はものことに
あらたまれともわれそふりゆく
29 をちこちのたつきもしらぬやまなかに
おほつかなくもよふことりかな
かりのこゑをきゝてこしへまかりにける
人を思ひてよめる
凡河内躬恒
30 春くれはかりかへるなり白雲の
みちゆきふりにことやつてまし
かへるかりをよめる　伊勢
31 春霞たつをみすてゝゆくかりは
花なきさとにすみやならへる
題しらす　よみ人しらす
32 をりつれは袖こそにほへむめのはな
ありとやこゝにうくひすのなく
33 いろよりもかこそあはれとおもほゆれ
たかそてふれしやとのむめそも
34 やとちかくむめの花うゑしあちきなく

まつ人のかにあやまたれけり

35 むめのはなたちよるはかりありしより
人のとかむるかにそしみける

梅の花をゝりてよめる
東三条左のおほいまうちきみ

36 うくひすのかさにぬふてふむめの花
おりてかさゝんおいかくるやと

題しらす　素性法師

37 よそにのみあはれとそみし梅の花
あかぬいろかはおりてなりけり

梅の花をゝりて人におくりける

とものり

38 きみならてたれにかみせん梅の花
いろをもかをもしる人そしる

くらふ山にてよめる　つらゆき

39 むめの花にほふはるへはくらふやま
やみにこゆれとしるくそありける

月よに梅の花をおりてと人のいひけれは
おるとてよめる　みつね

40 月よにはそれともみえすむめの花
かをたつねてそしるへかりける

春のよ梅の花をよめる
41 春のよのやみはあやなしむめの花
いろこそみえねかやはかくるゝ

はつせにまうつることにやとりけ
る人のいへにひさしくやとらて
ほとへてのちにいたれりけれは
かのいへのあるしかくさたかに
なんやとりはあるといひいたし
てはへりけれはそこにたてりける梅
の花をおりてよめる
つらゆき
42 人はいさ心もしらすふるさとは
花そむかしのかにゝほひける

水のほとりに梅の花さけりける
をよめる
伊勢
43 春ことになかるゝかはを花とみて
おられぬ水にそてやぬれなん

44 としをへて花のかゝみとなる水は
ちりかゝるをやくもるといふらん

家にありける梅の花のちりける
をよめる
つらゆき
45 くるとあくとめかれぬ物を梅花
いつの人まにうつろひぬらん

46
寛平御時きさいの宮の哥合
のうた　よみ人しらす
むめかゝをそてにうつしてとゝめては
はるはすくともかたみならまし

47
そせいほうし
ちるとみてあるへきものを梅花
うたてにほひのそてにとまれる

48
題しらす　よみ人しらす
ちりぬともかをたにのこせ梅花
こひしき時の思ひいてにせん

49
人の家にうへたりけるさくらの
花さきはしめたりけるをみて

よめる　つらゆき
ことしより春しりそむるさくら花
ちるといふことはならはさらなん

50
題しらす　よみ人しらす
山たかみ人もすさめぬさくら花
いたくなわひそわれみはやさん
又はさとゝをみ人もすさめぬやまさくら
し

51
山さくらわかみにくれは春かすみ
みねにもをにもたちかくしつゝ
そめとのゝきさきのおまへに花かめに

花かめにさくらの花をさゝ
せ給へるを見てよめる
　　さきのおほきおほいまうちきみ
52 としふれはよはひはおいぬしかはあれと
花をしみれはものおもひもなし
なきさの院にてさくらを
見てよめる
　　在原業平朝臣
53 世中にたえてさくらのなかりせは
春の心はのとけからまし
題しらす　よみ人しらす

54 いしはしるたきなくもかなさくら花
たおりてもこむみぬ人のため
山のさくらを見てよめる
　　そせいほうし
55 みてのみや人にかたらんさくら花
てことにおりていへつとにせん
花さかりに京を見やりてよめる
56 みわたせはやなきさくらをこきませて
みやこそ春のにしきなりける
さくらの花のもとにて年のおい
ぬることをなけきてよめる

きのとものり

いろもかもおなしむかしにさくらめと
としふる人そあらたまりける

をれるさくらをよめる

つらゆき

たれしかもとめてをりつる春かすみ
たちかくすらん山のさくらを

哥たてまつれとおほせられし時
よみてたてまつれる

さくら花さきにけらしなあしひきの
やまのかひよりみゆるしらくも

寛平御時后宮の歌合の哥

とものり

三吉野の山辺にさけるさくら花
ゆきかとのみそあやまたれける

やよひにうるふ月ありける年よみける

伊勢

さくら花春くはゝれるとしたにも
人のこゝろにあかれやはせぬ

さくらの花さかりにひさしくとはさりける
人のきたりける時によみける

よみ人しらす

62
よみ人しらす
あたなりとなにこそたてれさくら
花としにまれなる人もまちけり

63
返し　なりひらの朝臣
けふこすはあすはゆきとそふりなまし
きえすはありとも花とみましや

64
題しらす　よみ人しらす
ちりぬれはこふれとしるしなきものを
けふこそさくらおらはおりてめ

65
をりとらはをしけにもあるかさくら花
いさやとかりてちるまてはみむ

66
きのありとも
さくらいろにころもはふかくそめてきむ
花のちりなむのちのかたみに

さくらの花のさけりけるをみにまうて
きたりける人によみておくりける

67
みつね
わかやとの花みかてらにくる人は
ちりなむのちそこひしかるへき

亭子院哥合の時よめる

68
いせ
みる人もなき山さとのさくら花
ほかのちりなむのちそさかまし

71　70　69

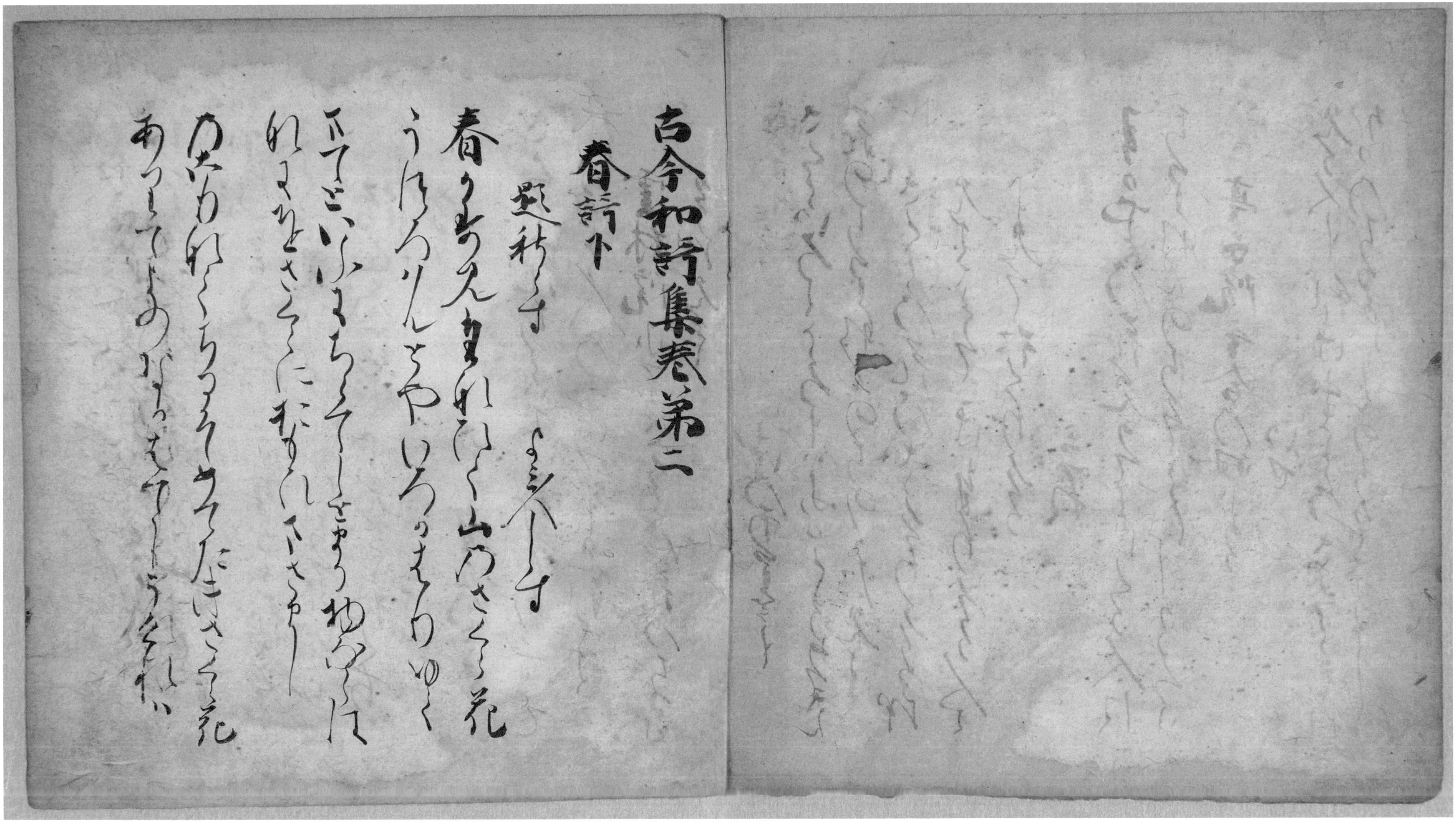
古今和歌集巻第二
春歌下
題しらす　よみ人しらす
春かすみたなひく山のさくら花
うつろはむとやいろかはりゆく
まてといふにちらてしとまる物ならは
なにをさくらに思ひまさまし
のこりなくちるそめてたきさくら花
ありて世中はてのうけれは

上二七オ

上二六ウ

72 このさとにたびねしぬべしさくら花
ちりのまがひにいへぢわすれて

73 うつせみのよにもにたるか花ざくら
さくと見しまにかつちりにけり

74 僧正遍昭によみておくり
ける
これたかのみこ
さくら花ちらばちらなんちらずとて
ふるさと人のきても見なくに

75 雲林院にてさくらの花のちるを
見てよめる
承均
そうく法師
さくらちる花のところははるながら
ゆきぞふりつつきえがてにする

76 さくらの花のちり侍りけるを
見てよみける
そせい法師
花ちらす風のやどりはたれかしる
われにをしへよゆきてうらみん

77 雲林院にてさくらの花をよめる
承均
そうく法師
いざさくらわれもちりなんひとさかり
ありなば人にうきめみえなん

78
あひ志れりける人のまうてきてかへり
にけるのちによみて花にさし
てつかはしける　　つらゆき
ひとめ見し君もやくるとさくら花
けふはまちみてちらはちらなん

79
山のさくらを見てよめる
春かすみなにかくすらんさくら花
ちるまをたにもみるへきものを

心ちそこなひてわつらひける
ときにかせにあたらしとて
おろしこめてのみ侍けるあひたに

80
おれるさくらのちりかたになれ
りけるを見てよめる
藤原よるかの朝臣
たれこめて春のゆくへもしらぬまに
まちしさくらもうつろひにけり

81
東宮雅院にてさくらの花のみかは
水にちりてなかれけるを見て
よめる
すかのゝ高世
えたよりもあたにちりにし花なれは
おちても水のあわとこそなれ
さくらの花のちりけるをよみける

82　83　84　85　86

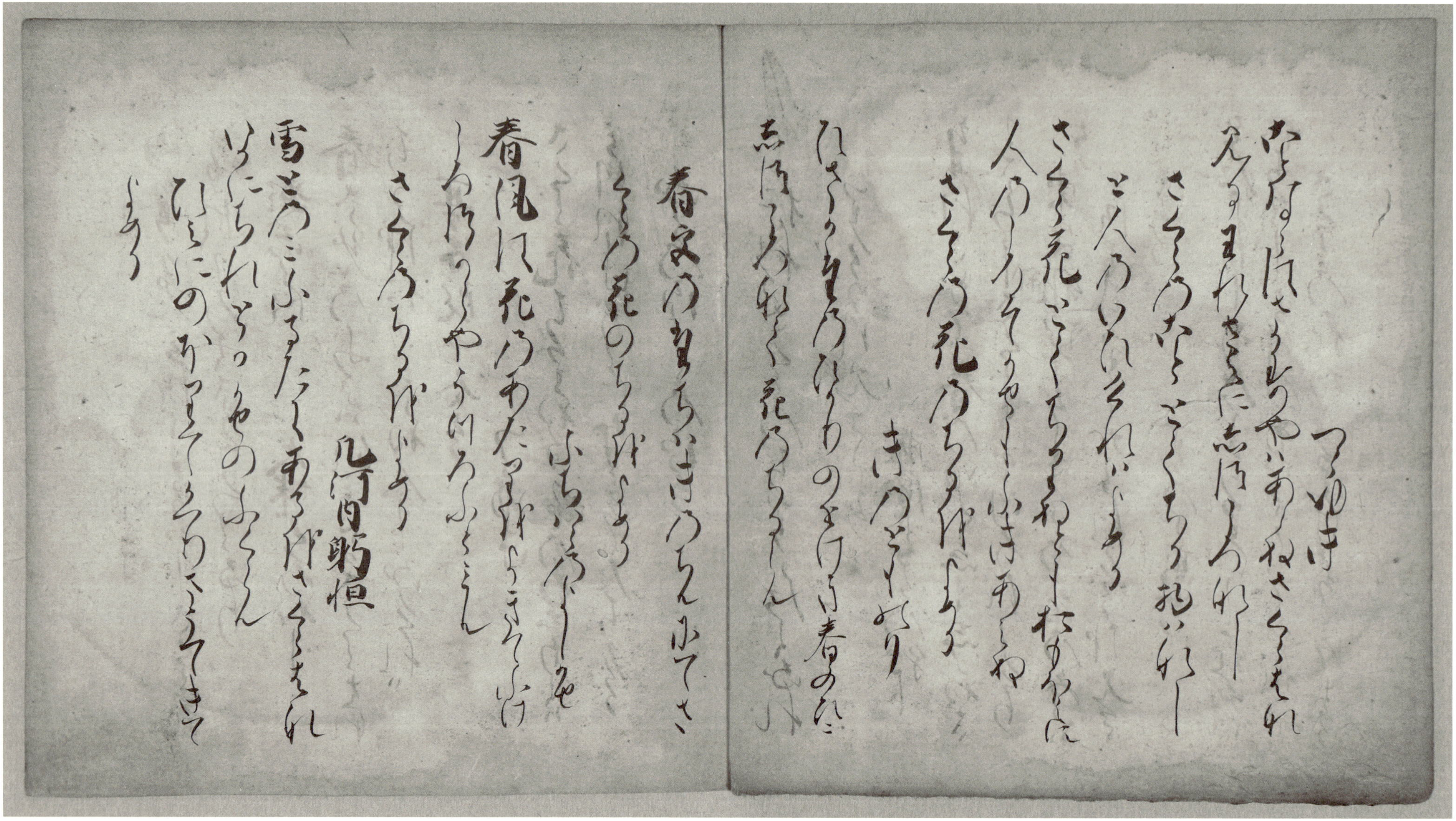
つらゆき
ことならはさかすやはあらぬさくら花
みるわれさへに志つ心なし
さくらのことくとくちる物はなし
と人のいひけれはよめる
さくら花とくちりぬともおもほえす
人の心そ風もふきあへぬ
さくらの花のちるをよめる
きのとものり
ひさかたのひかりのとけき春の日に
志つ心なく花のちるらん
春宮のたちはきのちんにてさ
くらの花のちるをよめる
ふちはらのよしかせ
春風は花のあたりをよきてふけ
心つからやうつろふとみん
さくらのちるをよめる
凡河内躬恒
雪とのみふるたにあるをさくら花
いかにちれとか風のふくらん
ひえにのほりてかへりまうてきて
よめる

87
つらゆき
山たかみみつゝわかこしさくら花
かせは心にまかすへらなり

88
題しらす　大伴くろぬし
春さめのふるはなみたかさくら花
ちるをゝしまぬ人しなけれは

89
亭子院歌合哥　つらゆき
さくら花ちりぬるかせのなこりには
水なきそらになみそたちける

90
ならのみかとの御哥
ふるさととなりにしならのみやこにも
いろはかはらす花はさきけり

91
春の哥とて　よしみねのむねさた
花のいろはかすみにこめてみせすとも
かをたにぬすめはるの山かせ

92
寛平御時きさいの宮の哥合哥　そせいほうし
花のきもいまはほりうへし春たては
うつろふいろに人ならひけり

93
題しらす　よみ人しらす
春のいろのいたりいたらぬさとはあらし
さけるさかさる花のみゆらん

さけるさかさる花の見ゆらん

春のうたとてよめる

94 つらゆき

みわ山をしかもかくすか春霞
人にしられぬ花やさくらん

95 雲林院のみこのもとに花見にきたやまの
ほとりにまかれりける時よめる

そせい

いさけふは春の山へにましりなん
くれなはなけの花のかけかは

春のうたとてよめる

96 いつまてかのへに心のあくかれん
花しちらすはちよもへぬへし

97 題しらす　よみ人しらす

春ことに花のさかりはありなめと
あひ見んことはいのちなりけり

98 花のことよのつねならはすくしてし
むかしはまたもかへりきなまし

99 ふく風にあつらへつくるものならは
このひともとはよきよといはまし

100 まつ人もこぬものゆへにうくひすの
なきつる花をゝりてけるかな

古今和歌集　巻第二

寛平御時きさいの宮の歌合のうた
ふちはらのおきかせ
101 さく花はちくさなからにあたなれと
たれかは春をうらみはてたる
102 春霞いろのちくさにみえつるは
たなひく山の花のかけかも
ありはらのもとかた
103 かすみたつ春の山へはとほけれと
ふきくる風は花のかそする
うつろへる花をみてよめる
みつね

104 花みれは心さへにそうつりける
いろにはいてし人もこそしれ
題しらす　よみ人しらす
105 うくひすのなくのへことにきてみれは
うつろふ花に風そふきける
106 ふくかせをなきてうらみよ鶯は
われやは花に手たにふれたる
典侍洽子朝臣
107 ちる花のなくにしとまるものならは
われうくひすにおとらましやは
仁和の中将のみやすむところの家に
うたあはせむとしける時によみける

藤原のちかけ

花のちることやわひしき春かすみ
たつたの山のうくひすのこゑ

うくひすのなくをよめる

そせい

こつたへはおのかはかせにちる花を
たれにおほせてこゝらなくらん

うくひすの花の木にてなくを
よめる

みつね

しるしなきねをもなくかな鶯の
ことしのみちる花ならなくに

題しらす

よみ人しらす

こまなめていさみにゆかんふるさとは
ゆきとのみこそ花はちるらめ

ちる花をなにかうらみん世中に
わか身もともにあらんものかは

小野小町

花のいろはうつりにけりないたつらに
わか身よにふるなかめせしまに

仁和の中将のみやすん所の家にて
うたあはせんとしけるときによめる

そせい

114
をしと思ふ心ハいとによられなん
ちる花ことにぬきてとゝめん

115
志賀の山こえに女のおほくあへりける
によみてつかはしける
貫之
あつさゆミ春の山へをこえくれハ
みちもさりあへす花そちりける

116
寛平御時后宮の歌合のうた
春の野にわかなつまんとこしものを
ちりかふ花にみちハまとひぬ

117
山寺にまうてたりけるによめる
貫之
やとりして春の山へにねたるよハ
ゆめのうちにも花そちりける

118
寛平御時后宮の歌合のうた
ふく風とたにの水としなかりせハ
み山かくれの花をみましや

119
しかよりかへりける女ともの花山に
いりてふちの花のもとにたちよりてかへり
けるによみておくりける
僧正遍昭
よそにみてかへらん人にふちの花
はひまつはれよえたハおるとも

120
家に藤花のさけりけるを人の
たちとまりて見けるをよめる　みつね
わかやとにさけるふちなみたちかへり
すきかてにのみ人の見るらん

121
題しらず　よみ人しらず
いまもかもさきにほふらんたち花の
こしまのさきのやまふきの花

122
春雨ににほへるいろもあかなくに
かさへなつかし山ふきの花

123
山ふきはあやなゝさきそ花見んと
うへけん君かこよひこなくに

124
よしのかはのほとりにやまふきのさ
けりけるをよめる
つらゆき
よしのかはきしのやまふきふく風に
そこのかけさへうつろひにけり

125
題しらず　よみ人しらず
かはつなくゐての山ふきちりにけり
花のさかりにあはましものを
この歌はある人のいはくたちはなの
きよともの歌也
春のうたとてよめる

126

そせい

おもふどち春の山辺にうちむれて
そこともいはぬたびねしてしか

127

春のとくすぐるをよめる
みつね

あづさゆみ春たちしより年月の
いるがごとくもおもほゆるかな

128

やよひにうぐひすのこゑの
ひさしうきこえざりけるをよめる
つらゆき

なきとむる花しなければ鶯も
はてはものうくなりぬべらなり

129

やよひのつごもりがたに山をこえけるに
山河より花のながれけるをよめる
ふかやぶ

花ちれる水のまにまにとめくれば
山には春もなくなりにけり

130

春をゝしみてよめる
もとかた

をしめどもとゞまらなくに春霞
かへる道にしたちぬとおもへば

寛平御時きさいの宮の歌合のうた
をきかぜ

131

こゑたえすなけやうくひすひとゝせに
ふたゝひとたにくへきはるかは

132

やよひのつこもりの日花つみより
かへりける女ともを見てよめる
みつね
とゝむへき物とはなしにはかなくも
ちる花ことにたくふ心か

133

やよひのつこもりの日あめのふり
けるにふちの花をゝりて人につかはし
ける　　　業平朝臣
ぬれつゝそしゐてをりつる年の中に
春はいくかもあらしとおもへは

134

亭子院歌合の春のはての歌
みつね
けふのみと春をおもはぬときたにも
たつことやすき花のかけかは

141　140　139　138　137　136　すヤイ（朱筆）135

古今和哥集巻第三

夏哥

題しらす　　　　読人しらす

135 わかやとのいけのふちなみさきにけり
やまほとゝきすいつかきなかん
此哥ある人のいはく　柿本人麿かなり

卯月にさけるさくらを見てよめる　きのとしさた

136 あはれてふことをあまたにやらしとや
春におくれてひとりさくらん

題しらす　　　　よみ人しらす

137 さ月まつ山ほとゝきすうちはふき
いまもなかなんこそのふるこゑ

138 さ月こはなきもふりなん郭公
またしきほとのこゑをきかはや
伊勢

139 さ月まつ花たちはなのかをかけは
むかしの人の袖のかそする

140 いつのまにさ月きぬらんあしひきの
やまほとゝきすいまそなくなる

141 けさきなきいまたたひなるほとゝきす
花たちはなにやとはからなん

142
おとはやまをこえける時に郭公の
なくをききてよめる　きのとものり
おとはやまけさこえくれは郭公
こすゑはるかにいまそなくなる

143
ほとゝきすのはしめてなきけるを
きゝてよめる　そせい法し
ほとゝきすはつこゑきけはあちきなく
ぬしさたまらぬこひせらるはた

144
ならのいそのかみてらにて郭公
のなくをよめる
いそのかみふるき宮この郭公
こゑはかりこそむかしなりけれ

145
題しらす　よみ人しらす
なつ山になく郭公心あらは
ものおもふ我にこゑなきかせそ

146
ほとゝきすなくこゑきけはわかれにし
ふるさとさへそこひしかりける

147
郭公なかなくさとのあまたあれは
なほうとまれぬおもふものから

148
おもひいつるときはの山の郭公
からくれなゐのふりいてゝそなく

149
こゑはしてなみたはみえぬ郭公わかころもてのひつをからなむ

わかころもてのひつをからなん

150 あしひきの山ほとゝきすをりはへて
たれかまさるとねをのみそなく

151 いまさらにやまへかへるなほとゝきす
こゑのかきりはわかやとになけ

152 みくにのまち
やよやまて山ほとゝきすことつてん
われよの中にすみわひぬとよ

寛平御時きさいの宮の哥合
の哥

153 紀とものり
さみたれにものおもひをれはほとゝきす
よふかくなきていつちゆくらん

154 よやくらきみちやまとへるほとゝきす
わかやとをしもすきかてになく

155 大江千里
やとりせし花たちはなもかれなくに
なとほとゝきすこゑたえぬらん

156 きのつらゆき
なつのよのふすかとすれはほとゝきす
なくひとこゑにあくるしのゝめ

157 壬生忠岑
くるゝかとみれはあけぬるなつのよを
あかすとやなく山ほとゝきす

きの秋岑

158 なつやまにこひしき人やいりにけん
こゑふりたてゝなくほとゝきす
題しらす　よみ人しらす
159 こそのなつなきふるしてしほとゝきす
それかあらぬかこゑのかはらぬ
ほとゝきすのなくをきゝて
よめる
つらゆき
160 さみたれのそらもとゝろにほとゝきす
なにをうしとかよたゝなくらん
さふらひにてをのことものさけたうへけるに
めしてほとゝきすまつうたよめと
ありけれはよめる
みつね
161 ほとゝきすこゑもきこえす山ひこは
ほかになくねをこたへやはせぬ
山にほとゝきすのなきけるをきゝて
よめる
つらゆき
162 ほとゝきす人まつ山になくなれは
わかうちつけにこひまさりけり
はやくすみける所にてほとゝきすの
なきけるをきゝてよめる
たゝみね
163 むかしへやいまもこひしきほとゝきす
ふるさとにしもなきてきつらん

164
ほとゝきすのなくをきゝて
よめる　　　　　　　　　みつね
ほとゝきす我とはなしに卯の花の
うき世の中になきわたるらむ

165
はちすのつゆをみてよめる
僧正遍昭
はちすはのにこりにしまぬ心もて
なにかはつゆを玉とあさむく

166
月のおもしろかりける夜あかつきかたに
よめる　　　　　　　　　ふかやふ
なつのよはまたよひなからあけぬるを
くものいつこに月やとるらむ

167
となりよりとこなつの花をこひにおこせ
たりけれはをしみてこのうたをよみて
つかはしける
みつね
ちりをたにすゑしとそ思ふさきしより
いもとわかぬるとこなつの花

168
みな月のつこもりの日よめる
なつと秋とゆきかふそらのかよひちは
かたへすゝしき風やふくらむ

古今和謌集巻第四

秋謌上

あきたつ日よめる

藤原敏行朝臣

169 あきゝぬとめにはさやかにみえねとも
かせのをとにそおとろかれぬる

あきたつ日うへのをのこかも
のかはらにかはせうえうしけるともにまかりて
よめる

つらゆき

170 かはかせのすゝしくもあるかうちよするなみ
とゝもにやあきはたつらん

題しらす

よみ人しらす

171 わかせこかころものすそをふきかへし
うらめつらしきあきのはつかせ

172 きのふこそさなへとりしかいつのまに
いなはそよきてあきかせのふく

173 あきかせのふきにし日よりひさかたの
あまのかはらにたゝぬ日はなし

174 ひさかたのあまのかはらのわたしもり
きみわたりなはかちかくしてよ

175 あまのかはもみちをはしにわたせはや

まれにふるあまのあきはなしもさかに

176 こひこひてあふよはこよひあまの河
きりたちわたりあけすもあらなん

寛平御時なぬかのようへにさふらふ
をのこともうたたてまつれと
おほせられけるときに人にかはり
てよめる　　　とものり

177 あまの河あさせしら浪たとりつゝ
わたりはてねはあけそしにける

おなし御時きさいの宮の歌合の

178 うた　　　ふちはらのおきかせ
ちきりけん心そつらきたなはたの
としにひとたひあふはあふかは

七日よめる　　　凡河内みつね

179 としことにあふとはすれとたなはたの
ぬるよのかすそすくなかりける

180 たなはたにかしつるいとのうちはへて
としのをなかくこひやわたらん

題しらす　　　そせい

181 こよひこん人にはあはしたなはたの
ひさしきほとにまちもこそすれ

182
七日のよのあかつきによめる
源むねゆきの朝臣
いまはとてわかるゝときはあまのかは
わたらぬさきにそてそひちぬる

183
やうかのひよめる
みふのたゝみね
けふよりはいまこむとしのきのふをそ
いつしかとのみまちわたるへき

184
題しらす
よみ人しらす
このまよりもりくる月のかけみれは
心つくしのあきはきにけり

185
おほかたのあきくるからにわかみこそ
かなしきものとおもひしりぬれ

186
わかためにくるあきにしもあらなくに
むしのねきけはまつそかなしき

187
ものことにあきそかなしきもみちつゝ
うつろひゆくをかきりとおもへは

188
ひとりぬるとこはくさはにあらねとも
あきくるよひはつゆけかりけり

189
これさたのみこの家の哥合の
うた
いつはとはときはわかねとあきのよそ
もの思ふことのかきりなりける
かむなりのつほに人〳〵あつまりて
あきのよをしむうたよみけるついてに

てよめる　みつね

190 かくはかりをしとおもふよをいたつらに
ねてあかすらん人さへそうき

題しらす　よみ人しらす

191 白雲にはねうちかはしとふかりの
かすさへみゆる秋のよの月

192 さよなかとよはふけぬらしかりかねの
きこゆるそらに月わたるみゆ

これさたのみこの家の哥合に
よめる　大江千里

193 月みれはちゝにものこそかなしけれ
わか身ひとつの秋にはあらねと

たゝみね

194 ひさかたの月のかつらもあきはなを
もみちすれはやてりまさるらん

月をよめる　在原元方

195 あきのよの月のひかりしあかけれは
くらふの山もこえぬへらなり

人のもとにまかれりける夜きり〳〵す
のなきけるをきゝてよめる　藤原忠房

196 きり〳〵すいたくなゝきそ秋のよの
なかきおもひはわれそまされる

197
これさたのみこの家の哥合のうた
敏行朝臣
あきのよのあくるもしらすなくむしは
わかことものやかなしかるらん

198
題しらす　よみ人しらす
あきはきもいろつきぬれはきりきりす
わかねぬことやよるはかなしき

199
あきのよはつゆこそことにさむからし
くさむらことにむしのわふれは

200
きみしのふくさにやつるるふるさとは
まつむしのねそかなしかりける

201
あきのののみちもまよひぬまつむしの
こゑするかたにやとやからまし

202
あきののに人まつむしのこゑすなり
われかとゆきていささとふらはん

203
もみちはのちりてつもれるわかやとに
たれをまつむしここらなくらん

204
ひくらしのなきつるなへにひはくれぬと
おもふはやまのかけにそありける

205
ひくらしのなくやまさとのゆふくれは
かせよりほかにとふ人もなし

はつかりをよめる
在原元方

206 まつ人にあらぬものからはつかりの
けさなくこゑのめつらしきかな

これさたのみこの家の歌合の
うた　とものり

207 あきかせにはつかりかねそきこゆなる
たかたまつさをかけてきつらむ

題しらす　よみ人しらす

208 わかかとにいなおほせとりのなくなへに
けさふくかせにかりはきにけり

209 いとはやもなきぬるかりか白露の
いろとる木々ももみちあへなくに

210 春かすみかすみていにしかりかねは
いまそなくなる秋きりのうへに

211 夜をさむみころもかりかねなくなへに
はきのしたはもうつろひにけり

この歌はある人のいはくかきのもとの
人まろかなり

寛平御時后宮の歌合のうた
藤原菅根朝臣

212 あきかせにこゑをほにあけてくる舟は
あまのとわたるかりにそありける

かりのなきけるをききてよめる

213
うきことを思ひつらねてかりかねの
なきこそわたれあきのよな〳〵
みつね

214
是貞のみこの家の哥合のうた
たゝみね
やまさとは秋こそことにわひしけれ
しかのなくねにめをさましつゝ

215
よみ人しらす
おくやまにもみちふみわけなくしかの
こゑきくときそあきはかなしき

216
題しらす
あきはきにうらひれをれはあしひきの
やましたとよみしかのなくらん

217
あきはきをしからみふせてなくしかの
めにはみえすてをとのさやけさ

218
これさたのみこの家の哥合に
よめる
藤原としゆきの朝臣
あきはきの花さきにけりたかさこの
をのへのしかはいまやなくらん

むかしあひしりて侍ける人の
あきのゝにあひてものかたりし
けるついてによめる
みつね

219 あきはきのふるえにさけるはなみれは
もとの心はわすれさりけり

題しらす　よみ人しらす

220 あきはきのしたはいろつく今よりや
ひとりある人のいねかてにする

221 なきわたるかりのなみたやおちつらむ
ものおもふやとのはきのうへのつゆ

222 はきのつゆたまにぬかむととれはけぬ
よしみむ人はえたなからみよ
ある人のいはく　この哥は
ならのみかとの御哥なりと

223 をりてみはおちそしぬへき秋はきの
えたもたわゝにおけるしらつゆ

224 はきかはなちるらむをのゝつゆしもに
ぬれてをゆかむさよはふくとも

題しらす　文屋あさやす

225 あきのゝにおくしらつゆはたまなれや
つらぬきかくるくものいとすち

題しらす　僧正遍昭

226 なにめてゝをれるはかりそをみなへし
われおちにきと人にかたるな

僧正遍昭かもとにならへまかりける
ときにをとこ山にてをみなへしを
みてよめる
ふるのいまみち

227 をみなへしうしとみつゝそゆきすくる
をとこ山にしたてりとおもへは

これさたのみこの家の哥合のうた
としゆきの朝臣

228 あきのゝにやとりはすへしをみなへし
なをむつましみたひならなくに

題しらす　をのゝよしき

229 をみなへしおほかるのへにやとりせは
あやなくあたの名をやたちなん

朱雀院のをみなへしあはせによみて
たてまつりける
左のおほいまうちきみ

230 をみなへしあきのゝかせにうちなひき
心ひとつをたれによすらん

藤原定方朝臣

231 あきならてあふことかたきをみなへし
あまのかはらにおひぬものゆへ

つらゆき

232 たかあきにあらぬものゆへをみなへし
なそいろにいてゝまたきうつろふ

233
みつね

つまこふるしかそなくなるをみなへし
おのかすむのゝ花としらすや

234
をみなへしふきすきてくる秋風は
めにはみえねとかこそしるけれ

235
たゝみね

人のみることやくるしきをみなへし
あきゝりにのみたちかくるらん

236
ひとりのみなかむるよりはをみなへし
わかすむやとにうへて見ましを

237
ものへまかりけるに人の家にをみなへし
うへたりけるを見てよめる

兼覧王

をみなへしうしろめたくもみゆるかな
あれたるやとにひとりたてれは

238
寛平御時蔵人所のをのこと
さかのに花みんとてまかりたりける
ときかへるとてみな哥よみける
ついてによめる

平貞文

花にあかてなにかへるらんをみなへし
おほかるのへにねなましものを
これさたふんの家の集に入
たり

239
としゆきの朝臣
なに人かきてぬきかけしふちはかま
くる秋ことにのへをにほはす

240
ふちはかまをよみて人につかはし
ける　つらゆき
やとりせし人のかたみかふちはかま
わすられかたきかににほひつつ

241
ふちはかまをよめる　そせい
ぬししらぬかこそにほへれ秋ののに
たかぬきかけしふちはかまそも

242
題しらす　貞文
いまよりはうゑてたにみし花すすき
ほにいつる秋はわひしかりけり

243
寛平御時后宮歌合　在原むねやな
秋ののの草のたもとか花すすき
ほにいててまねく袖と見ゆらん

244
そせい法し
われのみやあはれとおもはんきりきりす
なくゆふかけのやまとなてしこ

245
題しらす　よみ人しらす
みとりなるひとつ草とそ春は見し
秋はいろいろの花にそありける

246
もゝくさの花のひもとく秋のゝに
おもひたはれん人なとかめそ

247
月草に衣はすらんあさ露に
ぬれてのゝちはうつろひぬとも

248
仁和のみかとみこにおはしましける
時ふるのたき御覧せんとて
おはしましけるみちに遍
昭かはゝの家にやとりたまへりける
ときに庭を秋のゝにつくりて
おほんものかたりのついてに
よみてたてまつりける
僧正遍昭

さとはあれて人はふりにしやとなれや
にはもまかきも秋ののらなる

古今和謌集巻第五

秋哥下

これさたのみこの家の哥合のうた

文屋やすひて

249 ふくからにあきのくさ木のしをるれは
むへやまかせをあらしといふらん

250 くさもきもいろはかはれとわたつうみの
なみのはなにそあきなかりける

あきの哥合しける時よめる

きのよしもち

251 もみちせぬときはの山はふくかせの
をとにやあきをききわたるらん

題しらす　よみ人しらす

252 きりたちてかりそなくなるかたをかの
あしたのはらはもみちしぬらん

253 神な月しくれもいまたふらなくに
かねてうつろふかみなひのもり

254 ちはやふるかみなひ山のもみちはに
おもひはかけしうつろふものを

貞観御時綾綺殿のまへにむめのき

255

ありけりにしのかたにさせり
けるえたのもみちはしめたり
けるをうへにさふらふをのこともの
よみけるついてによめる

ふちはらのかちおん

おなしえをわきてこのはのうつろふは
にしこそ秋のはしめなりけれ

256

いしやまにまうてけるときおと
は山のもみちを見てよめる

つらゆき

あきかせのふきにし日よりおとはやま
みねのこすゑもいろつきにけり

257

これさたのみこの家の哥合に
よめる

ふちはらのとしゆきの朝臣

白露のいろはひとつをいかにして
あきのこのはをちちにそむらん

258

壬生忠岑

あきのよのつゆをはつゆとをきなから
かりのなみたやのへをそむらん

259

題しらす

よみ人しらす

あきのつゆいろいろことにをけはこそ
やまのこのはのちくさなるらめ

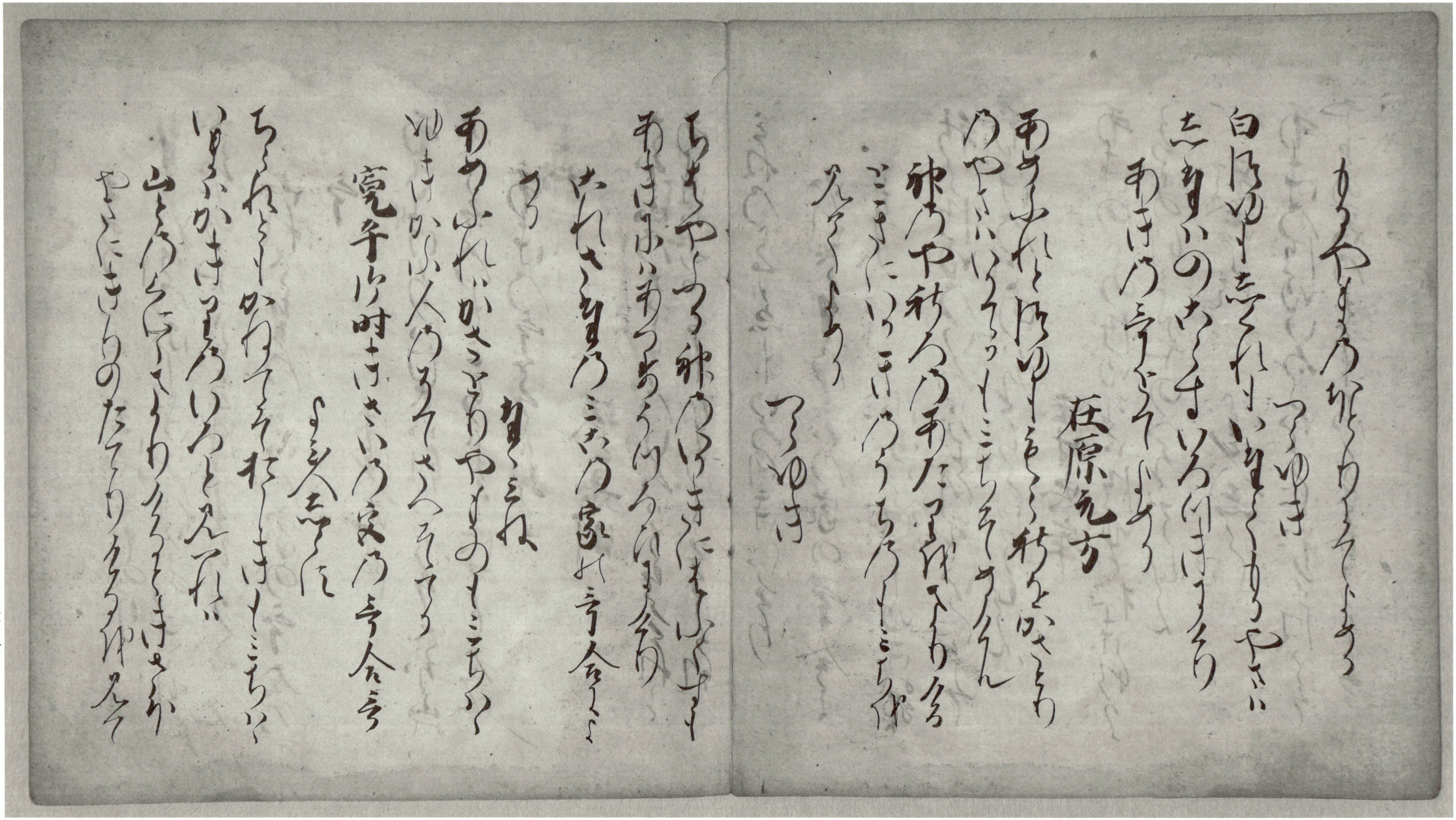

260
もる山のほとりにてよめる
つらゆき
白つゆもしくれもいたくもる山は
したはのこらすいろつきにけり

261
あきのうたとてよめる
在原元方
あめふれとつゆももらしをかさとりの
やまはいかてかもみちそめけん

262
神のやしろのあたりをまかりける時に
いかきのうちのもみちをみてよめる
つらゆき
ちはやふる神のいかきにはふくすも
あきにはあへすうつろひにけり

263
これさたのみこの家の歌合によめる
たゝみね
あめふれはかさとり山のもみちはゝ
ゆきかふ人のそてさへそてる

264
寛平御時きさいの宮の歌合の歌
よみ人しらす
ちらねともかねてそをしきもみちはゝ
いまはかきりのいろとみつれは
山とのくにゝまかりける時さほやまに
きりのたてりけるをみてよめる

265

よめる
きのとものり
たかためのにしきなれはかあききりの
さほの山へをたちかくすらん

266

これさたのみこの家の哥合の
うた　よみ人しらす
あききりはけさはなたちそさほ山の
ははそのもみちよそにてもみん

267

あきのうたとてよめる　坂上是則
さほ山のははそのいろはうすけれと
あきはふかくもなりにけるかな

268

人のせんさいにきくにむすひつけて
うへけるうた　在原なりひらの朝臣
うへしうへはあきなき時やさかさらん
花こそちらめねさへかれめや

269

寛平御時きくの花をよませ給ひ
ける　としゆきの朝臣
ひさかたのくものうへにてみるきくは
あまつほしとそあやまたれける
この哥はまたてんしやうゆるされさりける時に
めしあけられてつかうまつれるとなん

[illegible]

270

これさたのみこの家の歌合のうた

きのとものり

つゆなからをりてかさゝむきくの花
おいせぬあきのひさしかるへく

271

寛平御時きさいの宮の歌合のうた

大江千里

うへしときはなまちとほにありしきく
うつろふあきにあはむとやみし

272

おなし御ときせられしきくあはせに
すはまをつくりてきくの花うゑたりけるに
くはへたりけるうた　ふきあけ
のはまのかたにきくうゑたりける
をよめる

すかはらの朝臣

あきかせのふきあけにたてる白きくは
花かあらぬかなみのよするか

273

仙宮にきくをわけて人のいたれる
かたをよめる

素性法師

ぬれてほす山ちのきくのつゆのまに
いつかちとせを我はへにけむ

きくの花のもとにて人の人まてる
かたをよめる

とものり
花みつゝ人まつ時はしろたへの
そてかとのみそあやまたれける
おほさはの池のかたにきくうへたる
をよめる
ひともとゝおもひしきくをおほさはの
池のそこにもたれかうへけむ
世中のはかなきことをおもひける
おりにきくの花をみてよめる
つらゆき
あきのきくにほふかきりはかさしてむ
花よりさきとしらぬわか身を
しらきくの花をよめる
凡河内躬恒
心あてにおらはやおらむはつしもの
おきまとはせるしらきくの花
これさたのみこの家の哥合のうた
よみ人しらす
いろかはるあきのきくをはひとゝせに
ふたゝひにほふ花とこそみれ
仁和寺にきくの花めしける時に
うたそへてたてまつれとおほせられ
けれはよみてたてまつりける
平さたふん
秋をおきて時こそありけれきくの花
うつろふからにいろのまされは

280
人の家なりけるきくの花をうつしうゑたりけるをよめる
つらゆき
さきそめしやどしかはればきくの花いろさへにこそうつろひにけれ

281
題しらず　よみ人しらず
さほ山のははそのもみぢちりぬべみよるさへ見よとてらす月かげ

宮つかへひさしうつかうまつらで山さとにこもり侍りけるによめる
藤原関雄

282
おく山のいはかきもみぢちりぬべしてる日のひかり見る時なくて

283
題しらず　よみ人しらず
竜田河もみぢみだれてながるめりわたらばにしきなかやたえなむ
この歌はある人ならのみかどの御歌なりとなむ申す

284
竜田河もみぢばながる神なびのみむろの山にしぐれふるらし
又はあすかがはもみぢばながる
此うた左注人丸か作同

285 こひしくはみてもしのはむもみちはを
ふきなちらしそ山おろしのかせ
286 あきかせにあへすちりぬるもみちはの
ゆくへさためぬわれそかなしき
287 あきはきぬもみちはやとにふりしきぬ
みちふみわけてとふ人はなし
288 ふみわけてさらにやとはむもみちはの
ふりかくしてしみちとみなから
289 あきの月山へさやかにてらせるは
おつるもみちのかすをみよとか
290 ふくかせのいろのちくさにみえつるは
あきのこのはのちれはなりけり
せきを
291 しものたてつゆのぬきこそよはからし
山のにしきのおれはかつちる
雲林院の木のかけにたゝすみ
てよめる
僧正遍昭
292 わひ人のわきてたちよるこのもとは
たのむかけなくもみちちりけり
二条の后の東宮のみやすところと申ける
ときに御屏風にたつた河にもみちなかれたるかた

にもみちなかれたるかたをかけ
りけるを題にてよめる
そせい
293 もみちはのなかれてとまるみなとには
紅ふかき浪やたつらん
業平朝臣
294 ちはやふる神世もきかすたつた河
からくれなゐに水くゝるとは
これさたのみこの家の哥合のうた
としゆきの朝臣
295 わかきつるかたもしられすくらふ山
きゝの木のはのちるとまかふに
たゝみね
296 神なひのみむろの山を秋ゆけは
にしきたちきるこゝちこそすれ
きたやまにもみちをらんとて
まかれりけるときによめる
つらゆき
297 みる人もなくてちりぬるおく山の
もみちはよるのにしきなりけり
秋哥
兼覧王
298 たつたひめたむくる神のあれはこそ
秋のこのはのぬさとちるらめ

299

おのといふ所にすみ侍りける時
もみちを見てよめる
つらゆき
あきの山もみちをぬさとたむくれは
すむわれさへそたひ心ちする

300

神なひの山をすきて竜田河を
わたりける時にもみちのなかれけるを
よめる
きよはらのふかやふ
神なひの山をすきゆく秋なれは
たつた河にそぬさはたむくる

301

寛平御時后の宮の歌合の歌
ふちはらのおきかせ
白浪に秋のこのはのうかへるを
あまのなかせる舟かとそ見る

302

竜田河のほとりにて
坂上これのり
もみちはのなかれさりせは竜田河
水の秋をはたれかしらまし

303

しかの山こえにてよめる
春道のつらき
山かはに風のかけたるしからみは
なかれもあへぬもみちなりけり

いけのほとりにてもみちのちるをよめる　みつね

304 風ふけはおつるもみちは水きよみ
ちらぬかけさへそこにみえつゝ

亭子院御屏風のゑにかはわたらむとする人のもみちのちる木のもとにむまをひかへてたてるをよませたまひけれはつかうまつる

305 たちとまり見てをわたらむもみちはゝ
雨とふるとも水はまさらし　みつね

これさたのみこの家の哥合の哥

306 やまたもる秋のかりいほにおくつゆは
いなおほせとりのなみたなりけり　たゝみね

題しらす　よみ人しらす

307 ほにもいてぬ山たをもるとふちころも
いなはの露にぬれぬ日そなき

308 かれるたにおふるひつちのほにいてぬは
よをいまさらにあきはてぬとか

きた山に僧正遍昭とたけかりにまかりてよめる
そせい法し

309
もみちはゝそてにこきいれてもていてなむ
あきはかきりとみむ人のため

寛平御時ふるきうたたてまつ
れとおほせられけれはたつた河
もみちはなかるといふうたを
かきてそのおなし心をよめり
ける
おきかせ

310
みやまよりおちくる水のいろみてそ
あきはかきりとおもひしりぬる

あきのはつる心をたつた河におも
ひやりてよめる

つらゆき

311
年ことにもみちはなかすたつた河
みなとやあきのとまりなるらん

なか月のつこもりの日大井にて
よめる

つらゆき

312
ゆふつくよをくらの山になくしかの
こゑのうちにやあきはくるらん

おなしつこもりの日よめる
みつね

313
みちしらはたつねもゆかんもみちはを
ぬさとたむけてあきはいにけり

上七七ウ

上七八オ

古今和歌集巻第六

冬哥

題しらす　　読人しらす

314
たつた河にしきおりかく神な月
しくれの雨をたてぬきにして

冬哥とてよめる　　源宗于朝臣

315
やまさとは冬そさひしさまさりける
人めもくさもかれぬとおもへは

題しらす　　よみ人しらす

316
おほそらの月のひかりしきよけれは
かけみし水そまつこほりける

317
ゆふされはころもてさむしみよしのの
よしのの山にみゆきふるらし

318
今よりはつきてふらなむわかやとの
すすきおしなみふれるしら雪

319
ふるゆきはかつそけぬらしあしひきの
やまのたきつせおとまさるなり

320
このかはにもみちはなかるおく山の
ゆきけのみつそいままさるらし

321
ふるさとはよしのの山しちかけれは
ひとひもみゆきふらぬ日はなし

322
わかやとはゆきふりしきてみちもなし
ふみわけてとふ人しなけれは

323
冬のうたとてよめる
きのつらゆき
ゆきふれは冬こもりせるくさもきも
はるにしられぬ花そさきける

324
志かの山こえにてよめる
紀あきみね
しらゆきのところもわかすふりしけは
いはほにもさく花とこそみれ

325
ならの京にまかれりける時にや
どれりける所にてよめる
坂上是則
みよしのの山の白雪つもるらし
ふるさとさむくなりまさるなり

326
寛平の御時后宮の歌合のうた
藤原興風
うらちかくふりくる雪は白浪の
すゑの松山こすかとぞ見る

327
壬生忠岑
三よしのの山の白雪ふみわけて
いりにし人のおとづれもせぬ

328
しら雪のふりてつもれる山ざとは
すむ人さへやおもひきゆらん

329
ゆきのふれるを見てよめる
凡河内みつね
ゆきふりて人もかよはぬみちなれや
あとはかもなくおもひきゆらん

330
ゆきのふりけるをよみける
清原ふかやぶ
ふゆながらそらより花のちりくるは
雲のあなたははるにやあるらん

ゆきの木にふりかゝれりけるをよ
める
つらゆき

331 ふゆこもりおもひかけぬをこのまより
花と見るまてゆきそふりける

やまとのくにゝまかれりける時にゆきの
ふりけるを見てよめる
坂上これのり

332 あさほらけありあけの月と見るまてに
よしのゝさとにふれるしらゆき

題しらす　よみ人しらす

333 けぬかうへに又もふりしけ春かすみ
たちなはみゆきまれにこそ見め

334 梅花それとも見えすひさかたの
あまきるゆきのなへてふれゝは
このうたはある人のいはくかきのもと
の人まろか哥なり

梅花にゆきのふれるをよめる
小野たかむらの朝臣

335 花のいろはゆきにましりて見えすとも
かをたにゝほへ人のしるへく

雪のうちの梅花をよめる
きのつらゆき

336
梅乃かのふりおける雪にうつりせは
たれかことゝわきておらまし
雪乃ふりけるを見てよめる
きのとものり

337
ゆきふれは木ことに花そさきにける
いつれをむめとわきてをらまし
物へまかりける人をまちてしはすの
つこもりによめる
みつね

338
わかまたぬとしはきぬれと冬くさの
かれにし人はおとつれもせす
としのはてによめる
在原元方

339
あらたまのとしのをはりになることに
ゆきもわか身もふりまさりつゝ
寛平御時きさいの宮の哥合のうた
よみ人しらす

340
ゆきふりてとしのくれぬる時にこそ
つゐにもみちぬ松もみえけれ
年乃はてによめる
春道列樹

341
きのふといひけふとくらしてあすかゝは
なかれてはやき月日なりけり

342

哥たてまつれとおほせられし時
によみてたてまつれる
きのつらゆき
ゆくとしのをしくもあるかなますかゝみ
みるかけさへにくれぬとおもへは

古今和謌集巻第七

賀謌

題しらす　読人しらす

343
わかきみはちよにやちよにさゝれいしの
いはほとなりてこけのむすまて

344
わたつうみのはまのまさこをかそへつゝ
きみかちとせのありかすにせん

345
しほの山さしてのいそにすむちとり
きみかみよをはやちよとそなく

346
わかよはひきみかやちよにとりそへて
とゝめおきてはおもひいてにせよ

仁和の御時僧正遍昭に七十賀
たまひける時の御うた

347
かくしつゝとにもかくにもなからへて
きみかやちよにあふよしもかな

仁和のみかとみこにおはしましける時
御をはのやそちの賀にしろかねを
つゑにつくれりけるをみてかの御をは
にかはりてよみける

僧正遍昭

348
ちはやふる神やきりけむつくからに
ちとせのさかもこえぬへらなり

ほりかはのおほいまうちきみの
四十賀九条の家にてしける時に
よめる

在原業平朝臣

349
さくら花ちりかひくもれおいらくの
こむといふなるみちまかふかに

さたときのみこのをはのよそちの
賀を大井にてしける日よめる

きのこれをか

350 かめのをのやまのいはねをとめておつるたきのしらたまちよのかすかも

さたやすのみこのきさいの宮の
五十賀たてまつりける御屏風に
さくらの花のちるしたに人
の花見たるかたかけるをよめる
ふちはらのおきかせ

351 いたつらにすくる月日はおもほえて花見てくらす春そすくなき

もとやすのみこの七十賀のうし
ろの屏風によみてかきける
きのつらゆき

352 春くれはやとにまつさくむめの花きみかちとせのかさしとそ見る

そせいほうし

353 いにしへにありきあらすはしらねともちとせのためしきみにはしめむ

354 ふしておもひおきてかそふるよろつよは神そしるらむわかきみのため

藤原三善か六十賀によみける
在原しけはる

355 つるかめもちとせののちはしらなくにあかぬこゝろにまかせはてゝむ

このうたはある人在原のときはるか
ともいふ

356
よしみねのつねなりかよそ
ちの賀にむすめにかはりて
よみ侍りける
そせい法し
よろつよをまつにそきみをいはひつる
ちとせのかけにすまむとおもへは

357
内侍のかみの右大将藤原朝臣の
四十賀しける時に四季のゑかけ
るうしろの屏風にかきたり
けるうた

かすかのにわかなつみつゝよろつよを
いはふこゝろは神そしるらん

358
やまたかみくも井にみゆるさくら花
こゝろのゆきてをらぬひそなき

夏

359
めつらしきこゑならなくに郭公
こゝらのとしをあかすもあるかな

秋

360
すみのえのまつを秋かせふくからに
こゑうちそふるおきつしらなみ

361
ちとりなくさほのかはきりたちぬらし
やまのこのはもいろまさりゆく

362 あきくれといろもかはらぬときはやま
よそのもみちをかせそかしける

冬

363 しら雪のふりしく時はみよしのゝ
山した風に花そちりける

春宮のむまれ給へりける時にまいりてよめる

典侍藤原よるかの朝臣

364 みねたかきかすかの山にいつる日は
くもる時なくてらすへらなり

古今和歌集巻第八

離別歌

題しらす　在原行平朝臣

365 たちわかれいなはの山のみねにおふる
まつとしきかはいまかへりこん

題しらす　よみ人しらす

366 すかるなく秋のはきはらあさたちて
たひゆく人をいつとかまたん

367 かきりなき雲井のよそにわかるとも
人を心にをくらさんやは

をのゝちふるかみちのくのすけ

368

をのゝちふるかみちのくのすけにまかりける時に母の
たらちねのおやのまもりとあひそふる
こゝろはかりはせきなとゝめそ

369

さたときのみこの家にて藤原
のきよふかあふみのすけにまかりける
ときにむまのはなむけしける
よよめる
きのとしさた
けふわかれあすはあふみとおもへとも
よやふけぬらんそてのつゆけき

370

こしへまかりける人に
よみてつかはしける
かへるやまありとはきけと春かすみ
たちわかれなはこひしかるへし

371

人のむまのはなむけにてよめる
きのつらゆき
おしむからこひしきものをしら雲の
たちなんのちはなにこゝちせむ

372

ともたちの人のくにへまかりけるに
よめる
在原しけはる
わかれてはほとをへたつとおもへはや
かつみなからにかねてこひしき

373

あづまの方へまかりける人によみてつかはしける

いかごのあつゆき

おもへどもみをしわけねばめに見えぬ心を君にたぐへてぞやる

374

相坂にて人をわかれける時によめる

なにはのよろづを

あふさかの関しまさしき物ならばあかずわかるる君をとどめよ

題しらず

よみ人しらず

375

からころもたつ日はきかじあさつゆのおきてしゆけばけぬべき物を

この歌は、ある人つかさをたまはりて、あたらしきめにつきて、としへてすみける人をすてて、ただあすなむたつとばかりいへりける時に、ともかうもいはでよみてつかはしける

[illegible]

あさなけに見へき君としたのまねは
おもひたちぬるくさまくらなり

きのむねさたかあつまへまかりける
ときに人の家にやとりてあかつき
いてたつとてまかり申しけれは
女のよみていたし
せりける

よみ人しらす

えそしらぬいまこころみよいのちあらは
われやわするる人やとはぬと

あひしりて侍りける人のあつまへ
のかたへまかりけるをおくるとて
よめる

ふかやふ

雲井にもかよふ心のおくれねは
わかると人に見ゆはかりなり

とものあつまへまかりける時に
よめる

よしみねのひてをか

白雲のこなたかなたにたちわかれ
心をぬさとくたくたひかな

みちのくにへまかりける人によみて
つかはしける

つらゆき

380 白雲のやへにかさなるをちにても
おもはん人に心へだつな

381 人をわかれける時によめる
わかれてふ事はいろにもあらなくに
心にしみてわびしかるらん

あひしれりける人の越のくにゝまかりて年へて京にまうで
きて又かへりける時によめる

382 凡河内躬恒
かへる山なにぞはありてあるかひは
きてもとまらぬなにこそありけれ

383 越のくにへまかりける人に
よみてつかはしける
よそにのみこひやわたらんしら山の
ゆきみるべくもあらぬわが身は

384 おとはの山のほとりにて人をわかるとて
よめる
つらゆき
おとは山こだかくなきて郭公
きみがわかれをおしむべらなり

藤原ののちかげがからもののつかひに
なが月のつごもりがたにまかりけるに

385
386

うへのをのこともさけたうひ
けるついてによめる
藤原のちかけ
もろともになきてとゝめよきり〲す
あきのわかれはをしくやはあらぬ

紀トモ
平もとのり
あきゝりのともにたちいてゝわかれなは
はれぬおもひにこひやわたらん
源さねかつくしへゆあみんとて
まかりける山さきにてわか

387
388

れをしみける所にてよめる
しろめ
いのちたに心にかなふものならは
なにかわかれのかなしからまし
山さきより神なひのもりまて
おくりに人〱まかりてかへりかてにして
わかれをしみけるによめる
源さね
人やりのみちならなくにおほかたは
いきうしといひていさかへりなん
いまはこれよりかへりねとさねかいひ

389

いとまたつるによめる

かねもち

したはれてきにし心の身にしあれは
かへるさまにはみちもしられす

390

藤原のこれをかゝむさしのすけに
まかりけるときにおくりに
あふさかをこゆとてよみける

つらゆき

かつこえてわかれもゆくかあふさかは
人たのめなる名にこそありけれ

391

大江のちふるかこしへまかりける
むまのはなむけによめる

藤原かねすけの朝臣

きみかゆくこしのしら山しらねとも
ゆきのまにまにあとはたつねむ

392

人の花山にまうてきて夕さりつかた
かへりなむとしけるときによめる

僧正遍昭

ゆふくれのまかきは山と見えななむ
よるはこえしとやとりとるへく

山にのほりてかへりまうてきて

わかれけるついてによめる

幽仙法師

393 わかれをは山のさくらにまかせてむ
とめむとめしは花のまに〳〵

雲林院のみこの舎利会に山に
のほりてかへりけるにさくらの
花のもとにてよめる

僧正遍昭

394 山風にさくらふきまきみたれなむ
花のまきれにたちとまるへく

幽仙法師

395 ことならは君とまるへくにほはなむ
かへすは花のうきにやはあらぬ

仁和のみかとみこにおはしましける
時にふるのたき御覧しにおはしまして
かへりたまひけるによめる

兼芸法師

396 あかすしてわかるゝ涙たきにそふ
水まさるとやしもはみるらむ

かむなりのつほにめしたりける日
おほみきなとたうへてあめの
のいたくふりけれはゆふさりまて

397
ゆふさりまて侍りてまかりいてけるをりにさ
かつきをとりて
つらゆき
あきはきの花をはあめにぬらせとも
きみをはましてをしとこそおもへ
とよめりけるかへし
兼覧王

398
をしむらん人の心をしらぬまに秋のしくれと
身そふりにける
かねみのおほきみにはしめてものかたりして
わかれけるときに
よめる

399
みつね
わかるれとうれしくもあるかこよひより
あひ見ぬさきになにをこひまし

400
題しらす　よみ人しらす
あかすしてわかるゝそてのしらたまを
きみかかたみとつゝみてそゆく

401
かきりなくおもふなみたにそほちぬる
そてはかはかしあはむ日まてに

402
かきくらしことはふらなん春雨に
ぬれきぬきせてきみをとゝめん

403
しゐてゆく人をとゝめんさくら花
いつれをみちとまとふまてちれ

405　404

しかの山こえにていしゐのもとに
てものいひける人のわかれける
をりによめる

つらゆき

むすふてのしつくににこる山の井の
あかても人にわかれぬるかな

みちにあへりける人のくるまに
ものをいひつきてわかれける
ところにてよめる

とものり

したのおひのみちはかた〵〵わかるとも
ゆきめくりてもあはむとそおもふ

上九五ウ

上九六オ

古今和哥集巻第九

羇旅哥

もろこしにて月を見てよみける

あへの仲麿

あまの原ふりさけ見れはかすかなる
みかさの山にいてし月かも

この哥はむかしなかまろをもろこしに
ものならはしにつかはしたりけるに
あまたのとしをへてえかへりまう
てこさりけるをこのくにより又つかひ
まかりいたりけるにたくひてまう
てきなむとていてたちけるに
めいしうといふ所のうみへにて
かの国の人むまのはなむけしけり
よるになりて月のいと
おもしろくさしいてたりけるを
見てよめるとなむかたり
つたふる

おきのくにゝなかされける時に
ふねにのりていてたつとて
京なる人のもとにつかはしける

407
小野篁朝臣
わたのはらやそしまかけてこきいてぬと
人にはつけよあまのつりふね

408
題しらず　よみ人しらず
宮こいててけふみかのはらいつみかは
かはかせさむしころもかせやま

409
ほのほのとあかしのうらのあさきりに
しまかくれゆくふねをしそ思ふ
この歌はある人のいはくかきのもとの
人まろかうたなり

410
あつまの方へともとする人ひとりふたり
いさなひていきけりみかはのくにやつはし
といふ所にいたれりけるにその河のほとりに
かきつはたいとおもしろくさけりけるを
見て木のかけにおりゐてかきつはたといふ
いつもしをくのかしらにすゑてたひの心を
よまむとてよめる
在原業平朝臣
から衣きつつなれにしつましあれは
はるはるきぬるたひをしそ思ふ

むさしのくにとしもつふさのくにと
の中にあるすみだ河のほとりに
いたりて宮このいとこひしく
おぼえければしばし河のほとりにおりゐて
おもひやればかぎりなくとほくも
きにけるかなと思ひわびてながめ
をるにわたしもりはや舟にのれ日
くれぬといひければ舟にのりて
わたらむとするにみな人ものわびしく
て京におもふ人なくしもあらずさるをり
にしろき鳥のはしとあしとあかき
河のほとりにあそびけり京には見え
ぬ鳥なりければみな人見しらずわたし
もりにこれはなにどりぞととひければ
これなむ宮こどりといひけるをききて
よめる　なりひらの朝臣

名にしおはばいざこととはむ宮こどり
わが思ふ人はありやなしやと

題しらず　よみ人しらず

北へゆくかりぞなくなるつれてこし
かずはたらでぞかへるべらなる

このうたはある人をとこ女もろ
ともに人のくにへまかりけりをと
こまかりいたりてすなはちみ
まかりにければ女ひとり京へ
かへりけるみちにかへるかり
のなきけるをききてよめる
となむいふ
あづまの方より京へまうでく
とて道にてよめる
おと

413
やまかくす春のかすみぞうらめしき
いづれみやこのさかひなるらん

こしのくにへまかりける時しら
山を見てよめる
みつね

414
きえはつる時しなければこしぢなる
しら山の名はゆきにぞありける

あづまへまかりける時みちにて
よめる
つらゆき

415
いとによるものならなくにわかれぢの
こころぼそくもおもほゆるかな

みちにてよめる

みつね

よをさむみおくはつしもをはらひつゝ
くさのまくらにあまたゝびねぬ

たぢまのくにのゆへまかりける時ふたみのうらといふ所にとまりてゆふさりのかれいひたうべけるにともにありける人〻のうたよみけるついでによめる

ふぢはらのかねすけ

ゆふづくよおぼつかなきをたまくしげ
ふたみのうらはあけてこそ見め

これたかのみこのともにかりにまかりける時にあまのかはといふ所のかはのほとりにおりゐてさけなどのみけるついでにみこのいひけらくかりしてあまのかはらにいたるといふ心をよみてさかづきはさせといひければよめる

業平朝臣

かりくらしたなばたつめにやどからん
あまのかはらにわれはきにけり

みこのうたをかへすがへすよみつゝ返しえせずなりにければともにはべりてよめる

419

侍てよめる　　きのありつね

ひとゝせにひとたひきます君まては
やとかす人もあらしとそ思ふ

朱雀院のならにおはしましたりける
時にたむけ山にてよみける

すかはらの朝臣

420

このたひはぬさもとりあへすたむけ山
もみちのにしき神のまにまに

421

素性法師

たむけにはつゝりの袖もきるへきに
もみちにあける神やかへさん

古今和謌集巻第十

物名

うくひす　　ふちはらのとしゆきの朝臣

422 心から花のしつくにそほちつゝうくひすとのみ鳥のなくらん

ほとゝきす

423 くへきほと時すきぬれやまちわひてなくなる声の人をとよむる

うつせみ　　在原しけはる

424 なみのうつせみれは玉そみたれけるひろはゝ袖にはかなからむや

返し　　壬生忠岑

425 たもとよりはなれてたまをつゝまめやこれなむそれとうつせみむかし

うめ　　よみ人しらす

426 あなうめにつねなるへくもみえぬかなこひしかるへきかはにほひつゝ

かにはさくら　　きのつらゆき

427 かつけともなみのなかにはさくられて風ふくことにうきしつむ玉

すもゝの花

428 いまいくか春しなけれはうくひすもものはなかめておもふへらなり

429
からもゝのはな　キヨハラノフカヤフ
あふからもものはなほこそかなしけれ
わかれむことをかねておもへは

430
たちはな　竹
あしひきの山たちはなれゆく雲の
やとりさためぬよにこそありけれ

431
をかたまのき　とものり
みよしのゝよしのゝたきにうかひいつる
あわをかたまのきゆとみゆらん

432
やまかきのき　よみ人しらす
あきはきぬいまやまかきのきりきりす
よなよななかんかせのさむさに

433
あふひかつら
かくはかりあふひのまれになる人を
いかゝつらしとおもはさるへき

434
人めゆへのちにあふひのはるけくは
わかつらきにやおもひなされん

435
くたに　僧正遍昭
ちりぬれはのちはあくたになる花を
おもひしらすもまとふてふかな
さうひ　つらゆき

436 我はけさうひにそ見つる花の色を
あたなる物といふへかりけり

437 をみなへし
とものり
白露を玉にぬきやすとささかに
の花にも葉にもいとをみなへし

438 あさつゆをわけそほちつつ花見むと
いまそ野山をみなへしりぬる

朱雀院のをみなへしあはせの時に
をみなへしといふいつもしをく
のかしらにおきてよめる
つらゆき

439 をくら山みねたちならしなくしかの
へにけむ秋をしる人そなき

440 きちかうの花
とものり
あきちかうのはなりにけりしらつゆの
おけるくさはもいろかはりゆく

441 しをに
よみ人しらす
ふりはへていささふるさとの花見むと
こしをにほひそうつろひにける

442 りうたんの花
とものり
わかやとの花ふみしたくとりうたん

443　444　445　446　447

のはなけれはやこゝにしもくる

をはな

ありとみてたのむそかたきうつせみの

よをはなしとやおもひなしてん

けにこし　やたへの名實

うちつけにこしとや花の色をみむ

おくしらつゆのそむるはかりを

二条のきさきの春宮のみやす

所と申ける時めとにけつり花さ

せりけるをよませ給ける

文屋のやすひて

花のきにあらさらめとさきにけり

ふりにしこのみなる時もかな

しのふくさ　きのとしさた

山たかみつねにあらしのふくさとは

にほひもあへす花そちりける

やまし　平あつゆき

ほとゝきすみねの雲にやましりにし

ありとはきけとみるよしもなし

からはき　よみ人しらす

448 うつせみのからはきことにとゝむれと
たまのゆくへをみぬそかなしき

かはなくさ　ふかやふ

449 うはたまのゆめになにかはなくさまん
うつゝにたにもあかぬこゝろを

さかりこけ　たかむこのとしはる

450 花のいろはたゝひとさかりこけれとも
かへす〳〵そつゆはそめける

にかたけ　しけはる

451 いのちとてつゆをたのむにかたけれは
ものわひしらになく野への虫

かはたけ　かけのりのおほきみ

452 さよふけてなかはたけゆくひさかたの
月ふきかへせあきのやまかせ

わらひ　しんせいほうし

453 けふりたちもゆともみえぬ草のはを
たれかわらひとなつけそめけん

さゝ　まつ　ひは　はせをは
きのめのと

454 いさゝめにときまつまにそひはへぬる
こゝろはせをは人にみえつゝ

兵衛

455 456 457 458 459 460 461

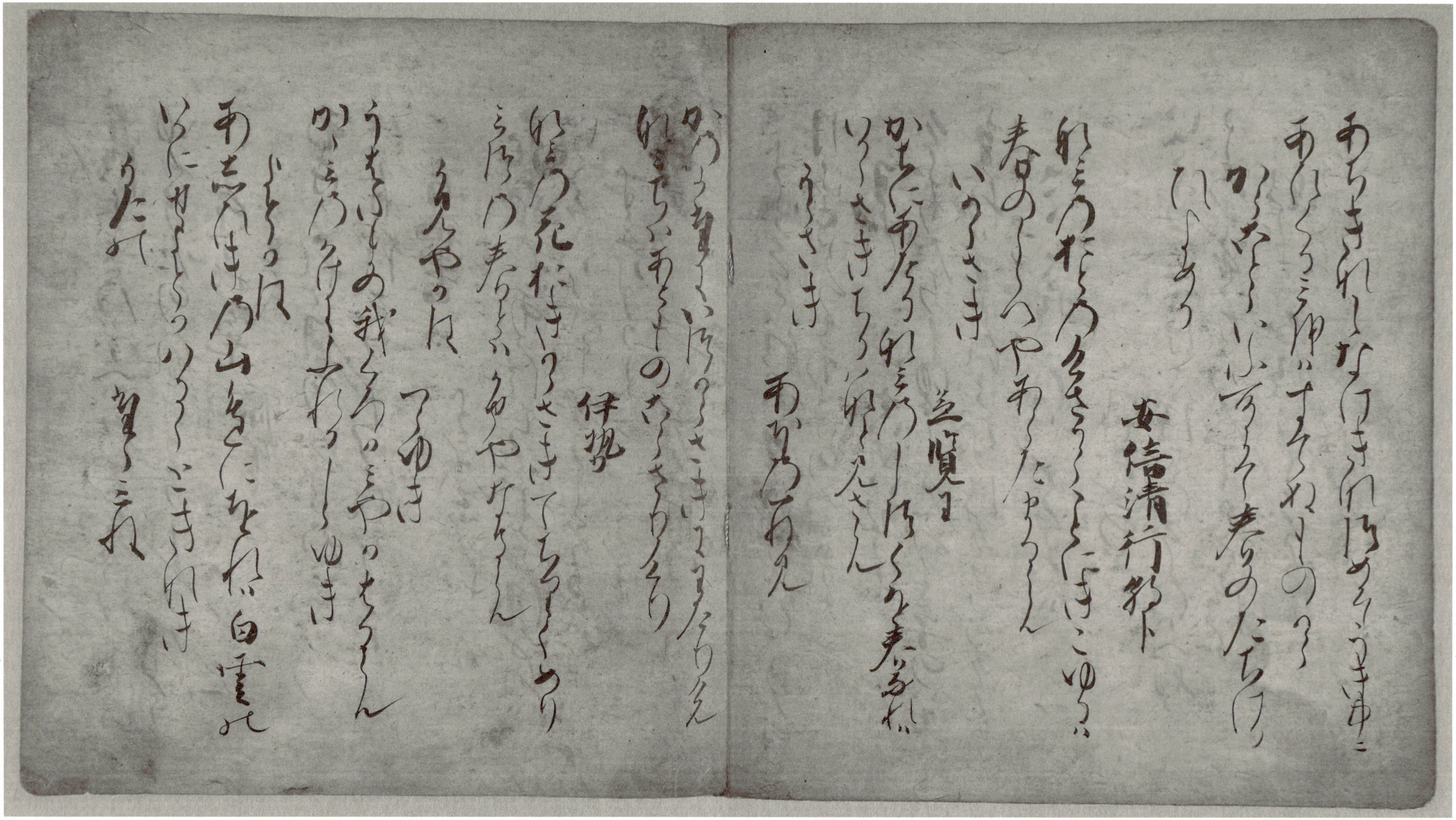

455
あちきなしなけきなつめそうき事に
あひくる身をはすてぬものから
からことゝいふ所にて春のたちける
日よめる

456
安倍清行朝臣
なみのおとのけさからことにきこゆるは
春のしらへやあらたまるらん

457
いかゝさき
兼覧王
かちにあたる浪のしつくを春なれは
いかゝさきちる花と見さらん

458
からさき
あほのつねみ
かのかたにいつからさきにわたりけん
浪ちはあとものこらさりけり

459
伊勢
浪の花おきからさきてちりくめり
水の春とは風やなるらん

460
かみやかは
つらゆき
うはたまの我くろかみやかはるらん
かゝみのかけにふれるしら雪

461
よとかは
あしひきの山辺にをれは白雲の
いかにせよとかはるゝ時なき

かたの
忠岑

462 463 464 465 466 467

なつくさのうへはしけれるぬま水の
ゆくかたのなきわかこゝろかな

かつらのみや　源ほとこす

あきくれと月のかつらのみやはなる
ひかりを花とちらすはかりを

百和香　よみ人しらす

花ことにあかすちらしゝ風なれは
いくそはくわかうしとかはおもふ

すみなかし　しけはる
中也
非女 非長

春かすみなかしかよひちなかりせは
あきくるかりはかへらさらまし

をきひ　みやこのよしか

なかれいつるかたたにみえぬなみたかは
おきひむときやそこはしられん

ちまき　大江千里

のちまきのおくれておふるなへなれと
あたにはならぬたのみとそきく

はをはしめるをはてにてなかめをかけてときのうたよめと人のいひけれはよみける

僧正聖宝

花乃なかめにあくやとてわけゆけは
こゝろそともにちりぬへらなる

遊紙

遊紙

見返）

遊紙

古今和歌集　上

裏表紙

古今和歌集　下

表紙

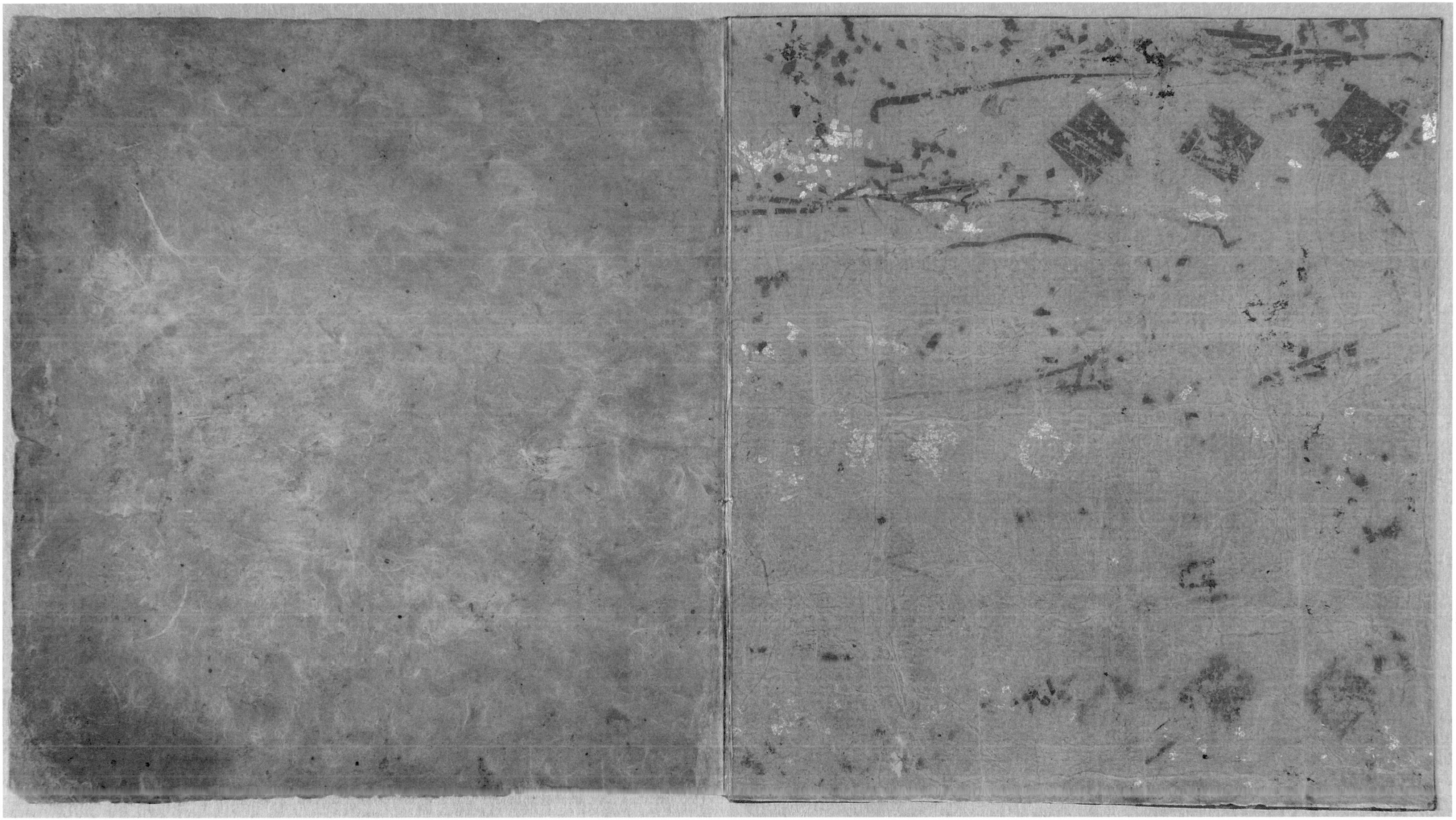

見返し

遊紙

古今和歌集巻第十一

恋歌一

題しらず　　よみ人しらず

469 ほとゝぎすなくやさ月のあやめぐさ
あやめもしらぬ恋もするかな

素性法師

470 をとにのみきくのしらつゆよるはおきて
ひるはおもひにあへずけぬべし

紀貫之

471 芳野河いはなみたかくゆく水の

遊紙

はやくそ人をおもひそめてし

472
藤原勝臣
しらなみのあとなきかたにゆくふねも
かせそたよりのしるへなりける

473
在原元方
おとは山おとにききつゝあふさかの
せきのこなたにとしをふるかな

474
たちかへりあはれとそおもふよそにても
人にこゝろをおきつしらなみ

475
つらゆき
よの中はかくこそありけれふくかせの
めにみぬ人もこひしかりけり

476
右近のむまはのひをりの日むかひにたてたりける
くるまのしたすたれより女のかほのほのかにみえけれは
よむてつかはしける　なりひらの朝臣
みすもあらすみもせぬ人のこひしくは
あやなくけふやなかめくらさん

477
返し　よみ人しらす
しるしらぬなにかあやなくわきていはん
おもひのみこそしるへなりけれ

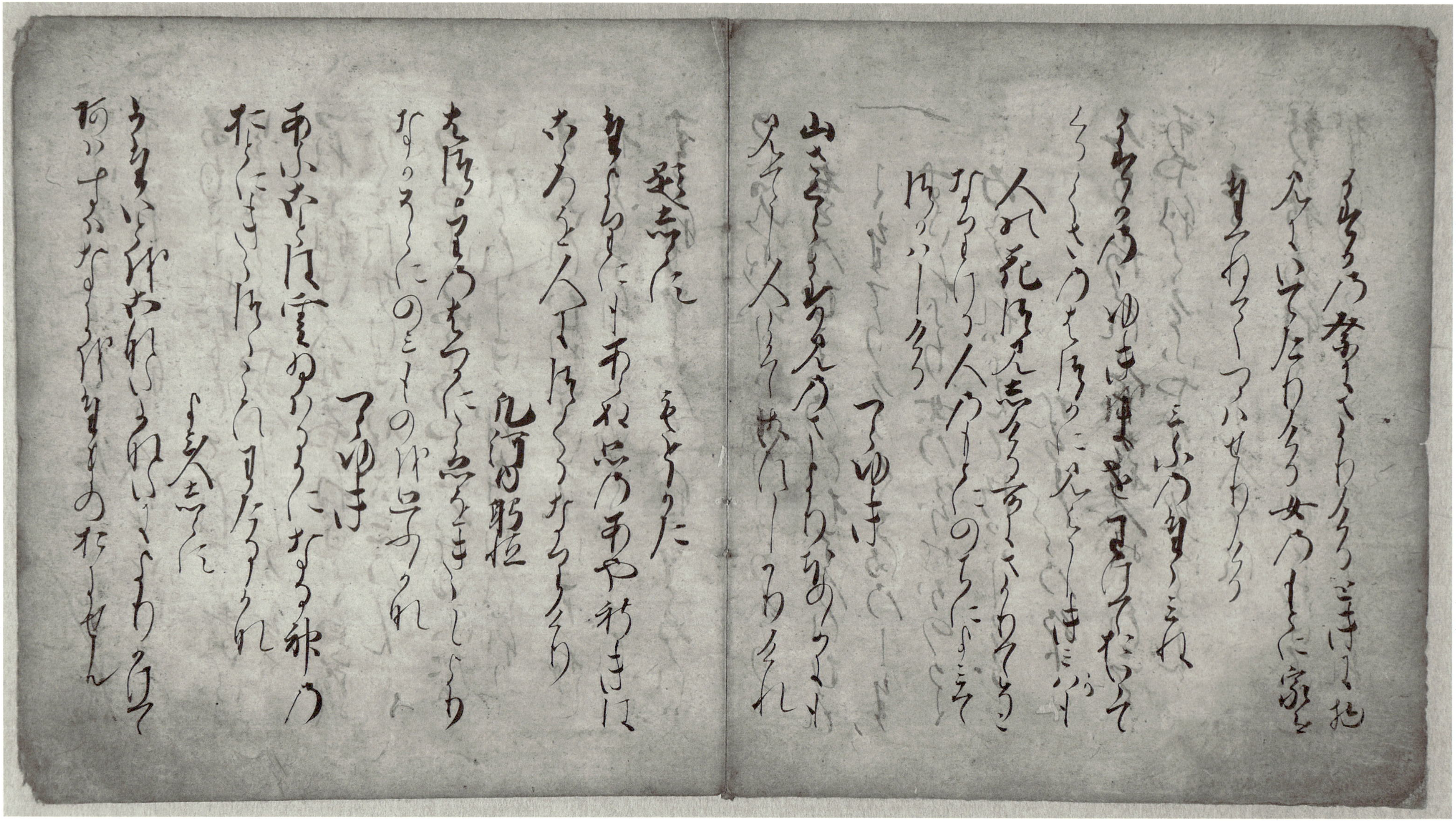

下一ウ

478
かすかのまつりにまかれりける時に物
みにいてたりける女のもとに家を
たつねてつかはせりける
たゝみね
かすかのゝ雪まをわけておひいて
くる草のはつかにみえしきみはも

479
人の花つみしける所にまかりてそこ
なりける人のもとにのちによみて
つかはしける
つらゆき
山さくらかすみのまよりほのかにも
みてし人こそこひしかりけれ

下二オ

480
題しらす　もとかた
たよりにもあらぬおもひのあやしきは
こゝろを人につくるなりけり

481
凡河内躬恒
はつかりのはつかにこゑをきゝしより
なかそらにのみものをおもふかな

482
つらゆき
あふことは雲ゐはるかになる神の
おとにきゝつゝこひわたるかな

483
よみ人しらす
かたいとをこなたかなたによりかけて
あはすはなにをたまのをにせん

484
ゆふくれは雲のはたてにものそ思ふ
あまつそらなる人をこふとて

485
かりこものおもひみたれて我こふと
いもしるらめや人しつけすは

486
つれもなき人をやねたく白露の
おくとはなけきぬとはしのはん

487
ちはやふるかものやしろのゆふたすき
ひと日も君をかけぬ日はなし

488
わかこひはむなしきそらにみちぬらし
おもひやれともゆくかたもなし

489
するかなるたこのうらなみたゝぬ日は
あれともきみをこひぬ日はなし

490
ゆふつく夜さすやをかへの松のはの
いつともわかぬこひもするかな

491
あしひきの山したみつのこかくれて
たきつこゝろをせきそかねつる

492
よしの河いはきりとほしゆく水の
おとにはたてしこひはしぬとも

493
たきつせのなかにもよとはありてふを
なとわかこひのふちせともなき

494
山たかみしたゆく水のしたにのみ
なかれてこひんこひはしぬとも

495 おもひいつるときはのやまのいはつゝし
いはねはこそあれこひしきものを

496 人しれすおもへはくるしくれなゐの
すゑつむはなのいろにいてなん

497 あきのゝのをはなにましりさく花の
いろにやこひんあふよしをなみ

498 わかそのゝむめのほつえにうくひすの
ねになきぬへきこひもするかな

499 あしひきの山ほとゝきすわかことや
きみにこひつゝいねかてにする

500 なつなれはやとにふすふるかやりひの
いつまてわかみしたもえをせん

501 こひせしとみたらしかはにせしみそき
神はうけすそなりにけらしも

502 あはれてふことたになくはなにをかは
こひのみたれのつかねをにせん

503 おもふにはしのふることそまけにける
いろにはいてしとおもひしものを

504 わかこひを人しるらめやしきたへの
まくらのみこそしらはしるらめ

505 あさちふのをのゝしのはらしのふとも
人しるらめやいふ人なしに

506 人志れぬおもひやなそとあしかきのまちかけれともあふよしのなき

507 おもふともこふともあはむものなれやゆふ手もたゆくとくるしたひも

508 いてわれを人なとかめそおほふねのゆたのたゆたにものおもふころそ

509 いせのうみにつりするあまのうけなれやこころひとつをさためかねつる

510 いせのうみのあまのつりなはうちはへてくるしとのみやおもひわたらむ

511 なみたかはなにみなかみをたつねけむものおもふときのわかみなりけり

512 たねしあれはいはにもまつはおひにけりこひをしこひはあはさらめやも

513 あさなあさなたつかはきりのそらにのみうきておもひのあるよなりけり

514 わすらるるときしなけれはあしたつのおもひみたれてねをのみそなく

515 からころもひもゆふくれになるときはかへすかへすそひとはこひしき

516 よひよひにまくらさためむかたもなし

いかにねしよかゆめにみえけん
517 こひしきにいのちをかふるものならは
しにはやすくそあるへかりける
518 人のみもならはしものをあはすして
いさこゝろみんこひやしぬると
519 しのふれはくるしきものを人しれす
おもふてふことたれにかたらん
520 こんよにもはやなりなゝんめのまへに
つれなき人をむかしとおもはん
521 つれもなき人をこふとて山ひこの
こたへするまてなけきつるかな

522 ゆく水にかすかくよりもはかなきは
おもはぬ人をおもふなりけり
523 人をおもふこゝろはわれにあらねはや
みのまとふたにしられさるらん
524 おもひやるさかひはるかになりやする
まとふゆめちにあふ人のなき
525 ゆめのうちにあひみんことをたのみつゝ
くらせるよひはねんかたもなし
526 こひしねとするわさならしむはたまの
よるはすからにゆめにみえつゝ
527 なみたかはまくらなかるゝうきねには

ゆめもさたかにみえすそありける

528 こひすれはわかみはかけとなりにけり
さりとて人にそはぬものゆゑ

529 かゝり火にあらぬわかみのなそもかく
なみたのかはにうきてもゆらむ

530 かゝり火のかけとなるみのわひしきは
なかれてしたにもゆるなりけり

531 はやきせにみるめおひせはわかそての
なみたのかはにうゑましものを

532 おきへにもよらぬたまものなみのうへに
みたれてのみやこひわたりなむ

533 あしかものさはくいりえのしらなみの
しらすや人をかくこひむとは

534 人しれぬおもひをつねにするかなる
ふしのやまこそわかみなりけれ

535 とふとりのこゑもきこえぬおく山の
ふかきこゝろを人はしらなむ

536 あふさかのゆふつけとりもわかことく
人やこひしきねのみなくらむ

537 あふさかのせきになかるゝいはしみつ
いはてこゝろにおもひこそすれ

538 うきくさのうへはしけれるふちなれ
やふかきこゝろをしる人のなき

539 うちわひてよはむこゑに山ひこの
こたへぬやまはあらしとそおもふ

540 心かへするものにもかなかたこひは
くるしきものと人にしらせん

541 よそにしてこふれはくるしいれひもの
おなしこゝろにいさむすひてん

[illegible]

542 春たてはきゆるこほりのゝこりなく
きみかこゝろはわれにとけなん

543 あけたてはせみのおりはへなきくらし
よるはほたるのもえこそわたれ

544 なつむしの身をいたつらになすことも
ひとつおもひによりてなりけり

545 ゆふされはいとゝひかたきわかそての
あきのつゆさへおきそはりつゝ

546 いつとてもこひしからすはあらねとも
あきのゆふへはあやしかりけり

547 あきのたのほにこそ人をこひさらめ
なとかこゝろにわすれしもせん

548 あきのたのほのうへをてらすいなつまの
ひかりのまにもわれやわするゝ

いなつまのひかりのまにもわれやわするゝ

549 人めもるわれかはあやな花すゝき
なとかほにいてゝこひすしもあらん

550 あはゆきのたまれはかてにくたけつゝ
わかものおもひのしけきころかな

551 おく山のすかのねしのきふるゆきの
けぬとかいはむこひのしけきに

古今和歌集巻第十二

恋歌二

題しらす　小野小町

552 おもひつゝぬれはや人のみえつらん
ゆめとしりせはさめさらましを

553 うたゝねにこひしき人をみてしより
ゆめてふものはたのみそめてき

554 いとせめてこひしき時はむはたまの
よるのころもをかへしてそきる

そせいほうし

555
あきかせの身にさむけれはつれもなき
人をそたのむくるゝよことに

556
しもついつもてらに人のわさしける日
しんせい法師のたうしにていひけることはを
うたによみてをのゝこまちかもとにつかはせりける
あへのきよゆきの朝臣
つゝめとも袖にたまらぬ白玉は
人をみぬめのなみたなりけり

557
返し　こまち
おろかなるなみたそそてにたまはなす
われはせきあへすたきつせなれは

寛平御時きさいの宮の歌合のうた

558
藤原としゆきの朝臣
こひわひてうちぬるなかにゆきかよふ
ゆめのたゝちはうつゝならなん

559
すみのえのきしによるなみよるさへや
ゆめのかよひちひとめよくらん

560
をのゝよしき
わかこひはみやまかくれのくさなれや
しけさまされとしる人のなき

きのとものり

561
よゐのまもはかなくみゆる夏むしに
まとひまされるこひもするかな

562
ゆふされはほたるよりけにもゆれとも
ひかりみねはや人のつれなき

563
さゝのはにおくしもよりもひとりぬる
わかころもてそさえまさりける

564
わかやとのきくのかきねにおくしもの
きえかへりてそこひしかりける

565
かはのせになひくたまものみかくれて
人にしられぬこひもするかな

566
ミふのたゝミね
かきくらしふる白雪のしたきえに
きえてものおもふころにもあるかな

567
きみこふるなみたのとこにみちぬれは
みをつくしとそわれはなりける

568
しぬるいのちいきもやするとこゝろみに
たまのをはかりあはんといはなん

569
わひぬれはしひてわすれんとおもへとも
ゆめといふものそ人たのみなる

よみ人しらす

570
わりなくもねてもさめてもこひしきは
こゝろをいづちやらばわすれん

571
こひしきにわびてたましひまどひなば
むなしきからの名にやのこらん

572
きみこふるなみだしなくはからころも
むねのあたりはいろもえなまし

題しらず

573
よとゝもにながれてぞゆくなみだ河
ふゆもこほらぬみなわなりけり

574
ゆめぢにもつゆやおくらんよもすがら
かよへるそでのひちてかはかぬ

そせいほうし

575
はかなくてゆめにも人をみつるよは
あしたのとこぞおきうかりける

ふぢはらのたゞふさ

576
いつはりのなみだなりせばからころも
しのびにそではしぼらざらまし

大江千里

577
ねになきてひちにしかどもはるさめに
ぬれにしそでとゝはゞこたへん

としゆきの朝臣

578
わかことく物やかなしきほとゝきす
ときそともなくよたゝなくらん

579
つらゆき
さ月やまこすゑをたかみほとゝきす
なくねそらなる恋もするかな

580
凡河内躬恒
あきゝりのはるゝときなき心には
たちゐのそらもおもほえなくに

581
清原ふかやふ
むしのことこゑにたてゝはなかねとも
なみたのみこそしたになかるれ

582
これさたのみこの家の哥合
よみ人しらす
あきなれは山とよむまてなくしかに
われおとらめやひとりぬるよは

583
つらゆき
あきのゝにみたれてさける花のいろの
ちくさに物をおもふころかな

584
みつね
ひとりしてものをおもへはあきのよの
いなはのそよといふ人のなき

585 586 587 588

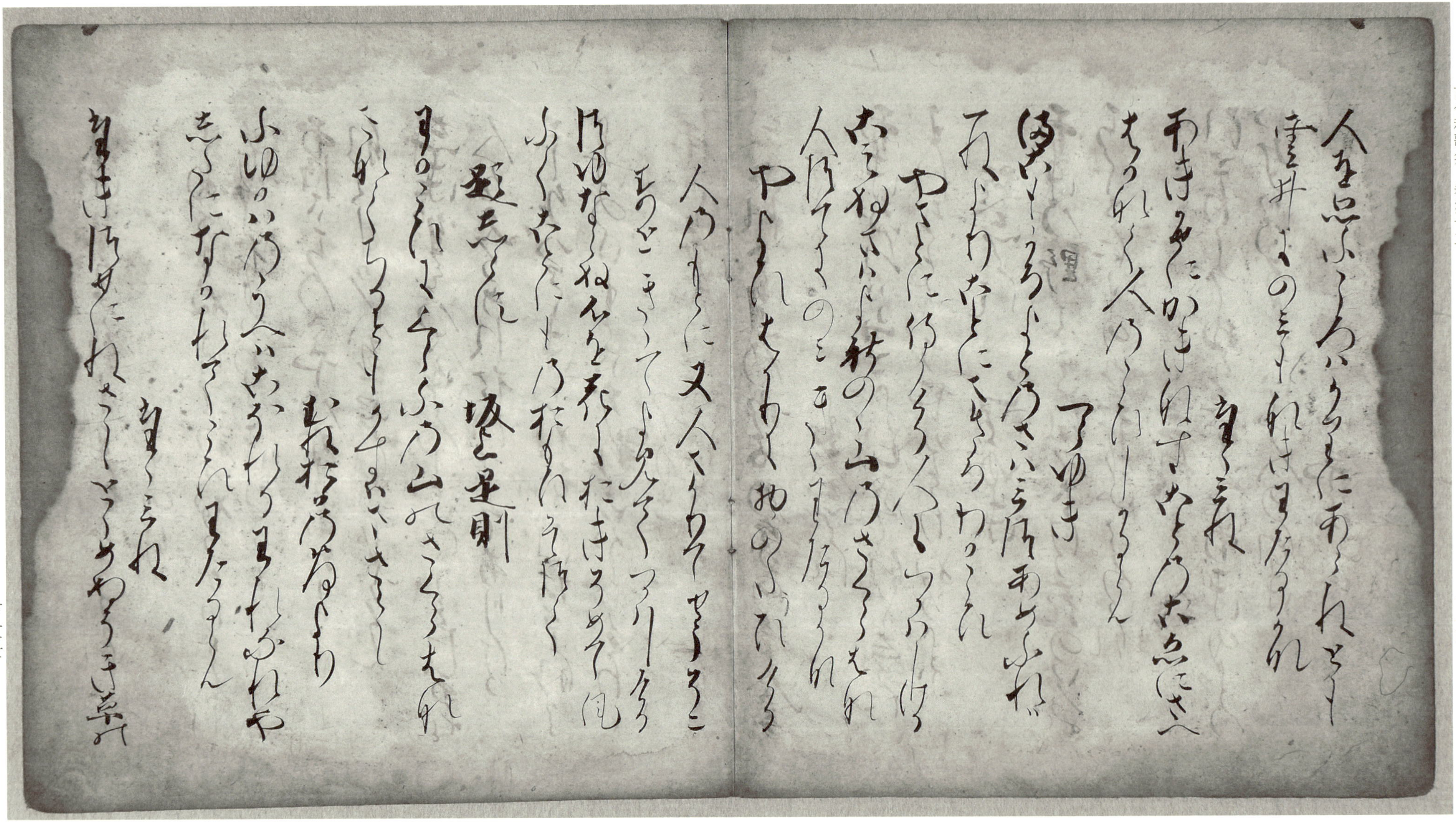
人を思ふ心はかりにあらねとも
雲井にのみもなきわたるかな
たゝみね
あきかせにかきなすことのこゑにさへ
はかなく人のこひしかるらん
つらゆき
まこもかるよとのさはみつあめふれは
つねよりことにまさるわかこひ
やまとに侍りける人につかはしける
こえぬまはよしのゝ山のさくらはな
人つてにのみきゝわたるかな
やよひはかりにものゝたうひける人のもとに
又人まかりつゝせうそこすときゝて
よみてつかはしける
つゆならぬ心を花におきそめて風
ふくことにものおもひそつく
題しらす　坂上是則
わかこひにくらふの山のさくらはな
まなくちるともかすはまさらし
むねをかのおほより
ふゆかはのうへはこほれるわれなれや
したになかれてこひわたるらん
たゝみね
たきつせにねさしとゝめぬうきくさの

589 590 591 592

うきたるこひもわれはするかな

とものり

593 よゐよゐにぬきてわかぬるかり
ころもかけておもはぬときのまもなし

594 あつまちのさやのなかやまなかなかに
なにしか人をおもひそめけん

595 しきたへのまくらのしたにうみはあれと
人をみるめはおひすそありける

596 としをへてきえぬおもひはありなから
よるのたもとはなほこほりけり

つらゆき

597 わかこひはしらぬやまちにあらなくに
まとふこころそわひしかりける

598 くれなゐのふりいてつつなくなみたには
たもとのみこそいろまさりけれ

599 しらたまとみえしなみたもとしふれは
からくれなゐにうつろひにけり

みつね

600 なつむしをなにかいひけんこころから
われもおもひにもえぬへらなり

たたみね

601 風ふけはみねにわかるるしら雲の
たえてつれなききみかこころか

602
月かけにわか身をかふるものならは
つれなき人もあはれとや見む

ふかやふ

603
恋しなはたか名はたゝし世の中の
つねなき物といひはなすとも

つらゆき

604
つのくにのなにはのあしのめもはるに
しけきわか恋人しるらめや

605
手もふれて月日へにけるしらまゆみ
おきふしよるはいこそねられね

606
人しれぬおもひのみこそわひしけれ
わかなけきをはわれのみそしる

とものり

607
ことにいてゝいはぬはかりそみなせ河
したにかよひてこひしきものを

みつね

608
きみをのみおもひねにねしゆめなれは
わか心からみつるなりけり

たゝみね

609
いのちにもまさりてをしくあるものは
見はてぬゆめのさむるなりけり

はるみちのつらき

610
あつさゆみひけはもとすゑわかかたに
よるこそまされこひのこゝろは

みつね

611 わかこひはゆくへもしらすはてもなし
あふをかきりとおもふはかりそ

612 われのみそかなしかりけるひこほしも
あはてすくせるとしゝなけれは

ふかやふ

613 いまははやこひしなましをあひみんと
たのめしことそいのちなりける

みつね

614 たのめつゝあはてとしふるいつはりに
こりぬこゝろを人はしらなん

とものり

615 いのちやはなにそはつゆのあたものを
あふにしかへはをしからなくに

古今和謌集巻第十三

戀謌三

616 やよひのついたちよりしのひに
人にものらいひてのちに雨の
そほふりけるによみてつかはし
ける
在原業平朝臣
おきもせすねもせてよるをあかしては
はるのものとてなかめくらしつ

617 なりひらの朝臣の家に侍ける
女のもとによみてつかはしける
としゆきの朝臣
つれつれのなかめにまさるなみた河
そてのみぬれてあふよしもなし

618 かの女にかはりてかへしによめる
なりひらの朝臣
あさみこそそてはひつらめなみた河
みさへなかるときかはたのまむ

619 題しらす　よみ人しらす
よるへなみ身をこそとほくへたてつれ
心はきみかかけとなりにき

620 いたつらにゆきてはきぬるものゆへに

見まくほしさにいさなはれつゝ

621
あはぬよのふるしらゆきとつもりなは
われさへともにけぬへきものを
このうたはある人のいはくかきのもとの人丸かうたなり

622
なりひらの朝臣
あきののにささわけしあさのそてよりも
あはてこしよそひちまさりける

623
をののこまち
みるめなきわかみをうらとしらねはや
かれなてあまのあしたゆくくる

624
源宗于朝臣
あはすしてこよひあけなは春の日の
なかくや人をつらしとおもはん

625
みふのたたみね
ありあけのつれなくみえしわかれより
あかつきはかりうきものはなし

626
ありはらのもとかた
あふことのなきさにしよるなみなれは
うらみてのみそたちかへりける

627
よみ人しらす
かねてより風にさきたつなみなれや
あふことなきにまたきたつらん

628

たゝみね
みちのくにありといふなるなとりかは
なきなとりてはくるしかりけり

629

みはるのありすけ
あやなくてまたきなきなのたつたかは
わたらてやまむものならなくに

630

もとかた
人はいさわれはなきなのをしけれは
むかしもいまもしらすとをいはむ

631

よみ人しらす
こりすまに又もなきなはたちぬへし
人にくからぬよにしすまへは

632

ひんかしの五条わたりに人を
しりおきてまかりかよひけりしのひ
なる所なりけれはかとよりもえ
いらてかきのくつれよりかよひ
けるをたひかさなりけれはあるし
きゝつけてかのみちに夜ことに人を
ふせてまもらすれはいきけれと
えあはてのみかへりてよみて
やりける
なりひらの朝臣
人しれぬわかゝよひちのせきもりは
よひよひことにうちもねなゝむ

633 題しらす　つらゆき
しのふれとこひしき時はあしひきの
やまより月のいてゝこそくれ

634 よみ人しらす
こひこひてまれにこよひそあふさかの
ゆふつけとりはなかすもあらなむ

635 をのゝこまち
あきのよもなのみなりけりあふといへは
ことそともなくあけぬるものを

636 凡河内みつね
なかしともおもひそはてぬむかしより
あふ人からのあきのよなれは

637 よみ人しらす
しのゝめのほからほからとあけゆけは
おのかきぬきぬなるそかなしき

638 ふちはらのくにつねの朝臣
あけぬとていまはのこゝろつくからに
なといひしらぬおもひそふらむ

639 寛平御時きさいの宮の歌合の歌
としゆきの朝臣
あけぬとてかへるみちにはこきたれて
あめもなみたもふりそほちつゝ

題しらす　寵

640 しのゝめのわかれをゝしみ我そまつ
とりよりさきになきはしめつる

よみ人しらす

641 ほとゝきすゆめかうつゝかあさつゆの
おきてわかれしあかつきのこゑ

642 玉くしけあけはきみかなたちぬへみ
よふかくこしを人みけんかも

大江千里

643 けさはしもおきけむかたもしらさりつ
おもひいつるそきえてかなしき

人にあひてあしたによみてつかはしける

644 なりひらの朝臣

ねぬるよのゆめをはかなみまとろめは
いやはかなにもなりまさるかな

業平朝臣のいせのくにまかりたりける時
斎宮なりける人にいとみそかにあひて
又のあしたに人やるすへなくて思ひを
りけるあひたに女のもとよりおこせ
たりける

よみ人しらす

645 きみやこし我やゆきけむおもほえす
ゆめかうつゝかねてかさめてか

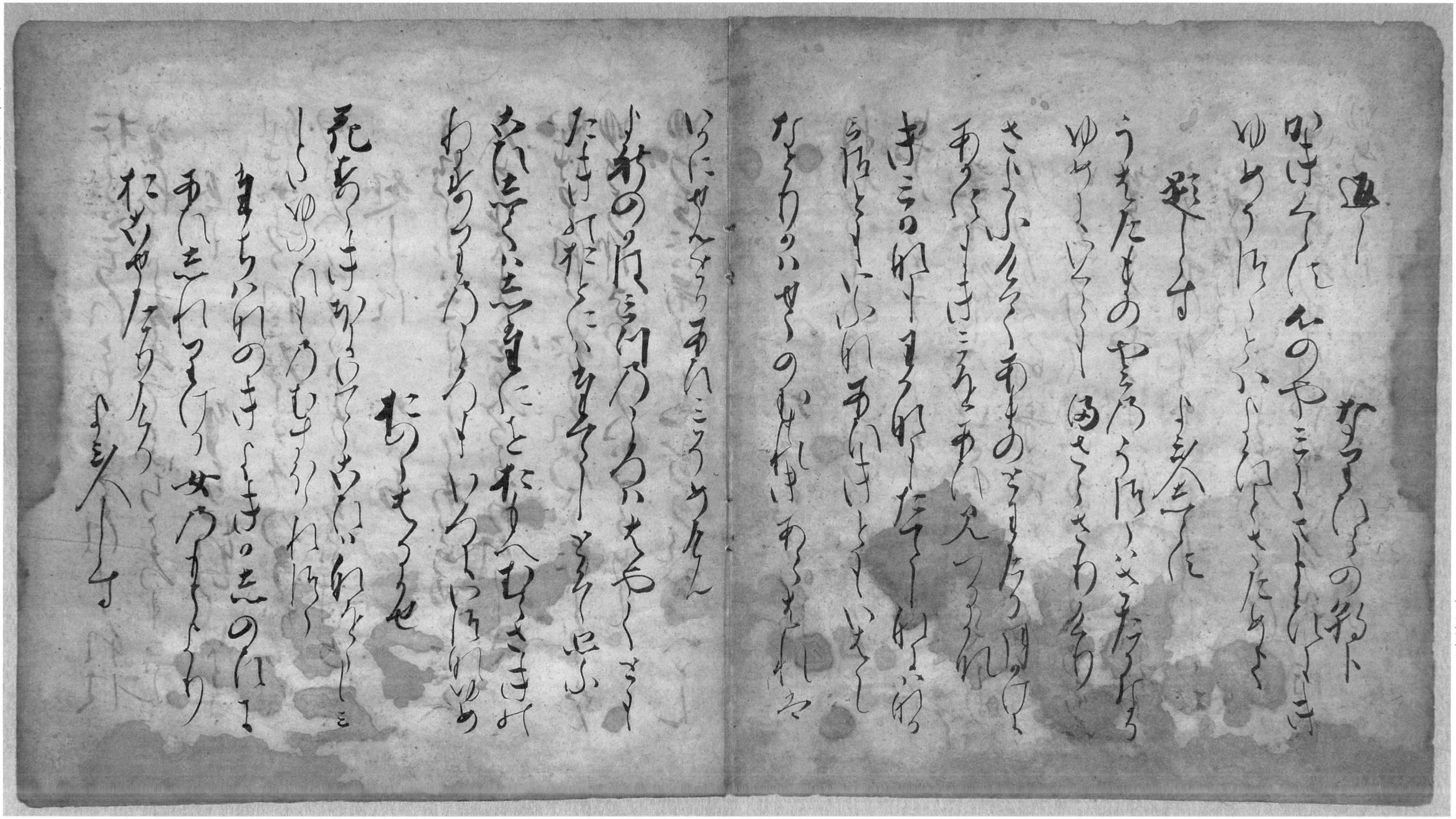
646
返し　　なりひらの朝臣
かきくらす心のやみにまとひにき
ゆめうつゝとはよ人さためよ

647
題しらす　よみ人しらす
うはたまのやみのうつゝはさたかなる
ゆめにいくらもまさらさりけり

648
さよふけてあまのとわたる月かけに
あかすも君をあひみつるかな

649
君かなもわかなもたてしなにはなる
みつともいふなあひきともいはし

650
なとり河せゝのむもれ木あらはれは
いかにせんとかあひみそめけん

651
よしの河水の心ははやくとも
たきのをとにはたてしとそ思ふ

652
恋しくはしたにを思へむらさきの
ねすりの衣色にいつなゆめ

653
をのゝはるかせ
花すゝきほにいてゝこひは名をゝしみ
したゆふひものむすほゝれつゝ

たちはなのきよきかしのひにあひしれりける
女のもとよりをこせたりける
よみ人しらす

654 おもふとちひとりひとりかこひしなは
たれによそへてふちころもきん
返し　たちはなのきよき
655 なきこふるなみたにそてのそほちなは
ぬきかへかてらよるこそはきめ
題しらす　こまち
656 うつゝにはさもこそあらめゆめにさへ
人めをもるとみるかわひしさ
657 かきりなきおもひのまゝによるもこん
ゆめちをさへに人はとかめし
658 ゆめちにはあしもやすめすかよへとも
うつゝに人めみしことはあらす
よみ人しらす
659 おもへとも人めつゝみのたかけれは
かはとみなからえこそわたらね
660 たきつせのはやき心をなにしかも
人めつゝみのせきとゝむらん
寛平御時きさいの宮の歌合のうた
きのとものり
661 くれなゐのいろにはいてしかくれぬの
したにかよひてこひはしぬとも
題しらす　みつね

ふゆの池にすむにほとりのつれもなく
そこにかよふと人にしらすな
ささのはにおくはつしものよをさむみ
しみはつくともいろにいてめや
よみ人しらす
やましなのおとはの山のおとにたに
人のしるへくわかこひめかも
このうたある人あふみのうねめのと
なむ申す
きよはらのふかやふ
みつしほのなかれひるまをあひかたみ
みるめのうらによるをこそまて

平さたふん
しらかはのしらすともいはしそこきよみ
なかれてよゝにすまむとおもへは
とものり
したにのみこふれはくるしたまのをの
たえてみたれむ人なとかめそ
わかこひをしのひかねてはあしひきの
山たちはなのいろにいてぬへし
よみ人しらす
おほかたはわかなもみなとこきいてなむ
よをうみへたにみるめすくなし
さたふん

670 まくらより又しる人もなきこひを
なみだせきあへずもらしつるかな

題しらず

671 風ふけば浪うつきしの松なれや
ねにあらはれてなきぬべらなり

このうたはある人のいはくかきのもとの人まろかなり

672 いけにすむなををしどりの水をあさみ
かくるとすれどあらはれにけり

673 あふことは玉のをばかり名のたつは
よしのの川のたきつせのごと

674 むらどりのたちにしわがないまさらに
ことなしぶともしるしあらめや

675 きみによりわがなははなにはるがすみ
のにも山にもたちみちにけり

伊勢

676 しるといへばまくらだにせでねしものを
ちりならぬなのそらにたつらん

古今和哥集巻第十四

恋哥四

題しらす　　よみ人しらす

677 みちのくのあさかのぬまの花かつみ
かつみる人にこひやわたらん

678 あひ見すはこひしきこともなからまし
おとにそ人をきくへかりける

つらゆき

679 いそのかみふるのなかみちなか〳〵に
見すはこひしとおもはましやは

ふちはらのたゝゆき

680 きみといへは見まれ見すまれふしのねの
めつらしけなくもゆるわかこひ

いせ

681 ゆめにたにみゆとは見えしあさな〳〵
わかおもかけにはつる身なれは

よみ人しらす

682 いしまゆく水のしらなみたちかへり
かくこそはみめあかすもあるかな

683 いせのあまのあさなゆふなにかつくてふ
みるめに人をあくよしもかな

とものり

691 690 689 229補 頁遺 688 687 686 685 684

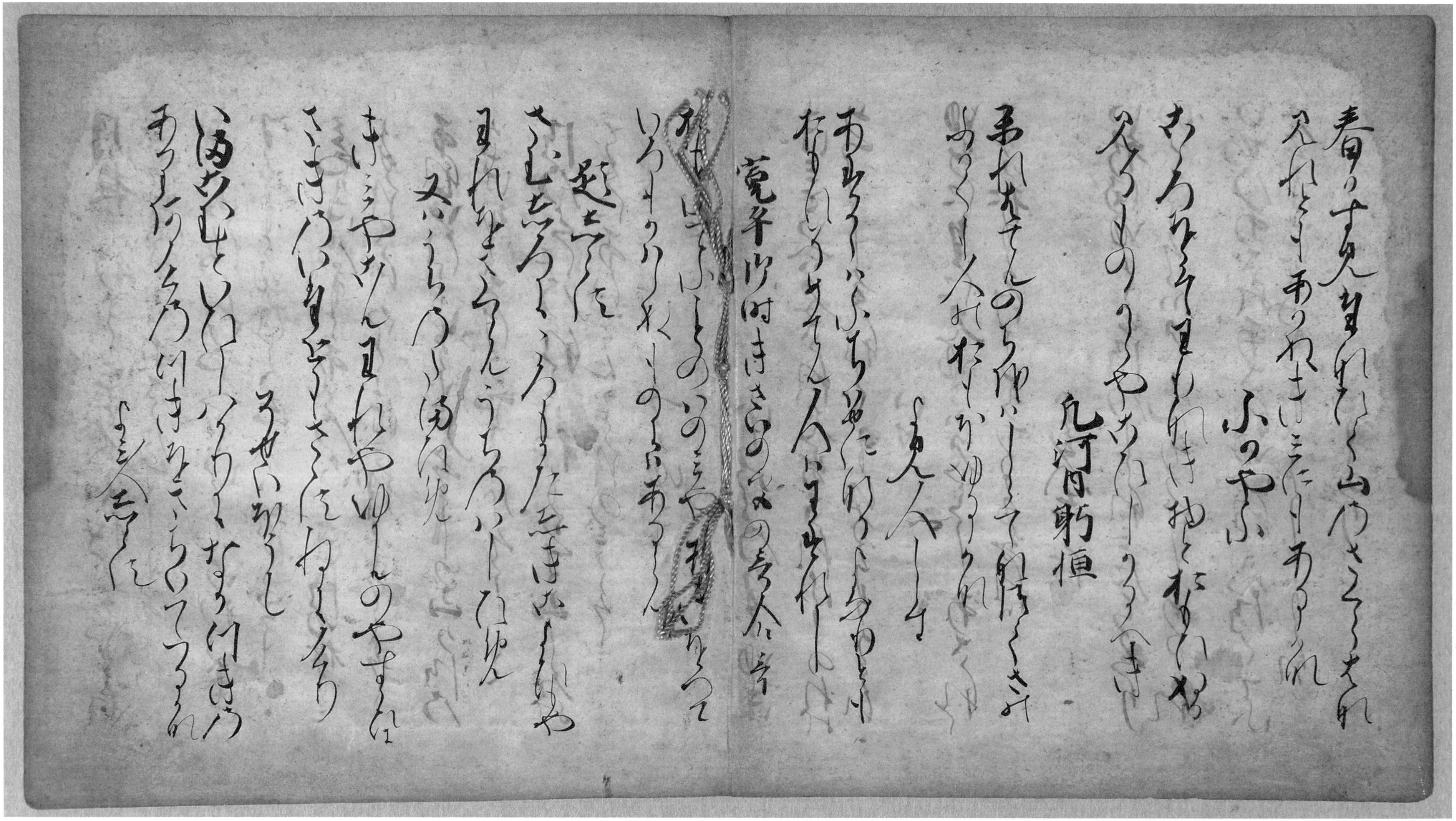

下二九オ　下二八ウ

692 月夜よし夜よしと人につけやらは
こてふにゝたりまたすしもあらす

693 きみこすはねやへもいらしこむらさき
わかもとゆひにしもはおくとも

694 みやきのゝもとあらのこはきつゆをおもみ
かせをまつことくきみをこそまて

695 あなこひしいまもみてしか山かつの
かきほにさけるやまとなてしこ

696 つのくにのなにはおもはす山しろの
とはにあひみんことをのみこそ

つらゆき

697 しきしまのやまとにはあらぬからころも
ころもへすしてあふよしもかな

ふかやふ

698 こひしとはたかなつけゝんことならん
しぬとそたゝにいふへかりける

よみ人しらす

699 みよしのゝおほかはのへのふちなみの
なみにおもはゝわかこひめやは

700 かくこひんものとはわれもおもひにき
こゝろのうらそまさしかりける

701 あまのはらふみとゝろかしなるかみも
おもふなかをはさくるものかは

702
あづさゆみひきののつゞらすゑつひに
わがおもふ人にことのしげけむ
このうたはある人あめのみかどのあふみの
うねめにたまひけるとなむ申す

703
なつびきのてびきのいとをくりかへし
ことしげくともたえむとおもふな
このうたはかへしによみてたてまつりける
となむ

704
さと人のことはなつののしげくとも
かれゆくきみにあはざらめやは

705
藤原敏行朝臣のなりひらの朝臣の
家なりける女をあひしりてふみ
つかはせりけることばにいままうでく
あめのふりけるをなむ見わづらひ侍る
といへりけるをきゝてかの女にかはり
てよめりける　在原業平朝臣
かずかずにおもひおもはずとひがたみ
身をしるあめはふりぞまされる
よみ人しらず

706 おほぬさのひくてあまたになりぬれは
おもへとえこそたのまさりけれ

返し　業平朝臣

707 おほぬさと名にこそたてれなかれても
つひによるせはありてふものを

題しらす　よみ人しらす

708 すまのあまのしほやくけふり風をいたみ
おもはぬかたにたなひきにけり

709 たまかつらはふきあまたになりぬれは
たえぬこゝろのうれしけもなし

710 たかさとによかれをしてかほとゝきす
たゝこゝにしもねたるこゑする

711 いて人はことのみそよきつきくさの
うつしこゝろはいろことにして

712 いつはりのなきよなりせはいかはかり
人のことのはうれしからまし

713 いつはりとおもふものからいまさらに
たかまことをかわれはたのまん

素性法師

714 あきかせに山のこのはのうつろへは
人のこゝろもいかゝとそおもふ

寛平御時きさいの宮の歌合の歌

715
とものり
せみのこゑきけはかなしななつころも
うすくや人のならんとおもへは

題しらす　よみ人しらす

716
うつせみのよの人ことのしけけれは
わすれぬもののかれぬへらなり

717
あかてこそおもはんなかははなれなめ
そをたにのちのわすれかたみに

718
わすれなんとおもふ心のつくからに
ありしよりけにまつそこひしき

719
わすれなんわれをうらむなほとときす
人のあきにはあはんともせす

720
たえすゆくあすかのかはのよとみなは
心あるとや人のおもはん
このうたある人のいはくなかとみのあつま人かうたなり

721
よとかはのよとむと人はみるらめと
なかれてふかき心あるものを

722
そせいほうし
そこひなきふちやはさはく山かはの
あさきせにこそあたなみはたて

723

くれなゐのはつはなそめのいろふかく
おもひし心われわすれめや

724
かはらの左大臣
みちのくのしのふもちすりたれゆへに
みたれんとおもふわれならなくに

725
よみ人しらす
おもふよりいかにせよとかあきかせに
なひくあさちのいろことになる

726
ちゝのいろにうつろふらめとしらなくに
こゝろしあきのもみちならねは

727
をのゝこまち
あまのすむさとのしるへにあらなくに
うらみんとのみ人のいふらん

728
しもつけのをむね
くもりひのかけとしなれるわれなれは
めにこそみえね身をははなれす

729
つらゆき
いろもなきこゝろを人にそめしより
うつろはんとはおもほえなくに

730
よみ人しらす
めつらしき人をみんとやしかもせぬ
わかしたひものとけわたるらん

731
かけろふのそれかあらぬかはるさめの
ふるひとなれはそてそぬれぬる

732
ほりえこくたなゝしをふねこきかへり
おなし人にやこひわたりなん

733
わたつみとあれにしとこをいまさらに
いせ
はらはゝそてやあはとうきなん

734
つらゆき
いにしへになほたちかへる心かな
こひしきことに物わすれせて

735
人をしのひにあひしりてあひかたく
ありけれはその家のあたりをまかり
ありきけるおりにかりのなくをきゝて
よみてつかはしける
おほとものくろぬし
おもひいてゝこひしき時ははつかりの
なきてわたると人しるらめや

736
右のおほいまうちきみすますなりにけれは
かのむかしおこせたりけるふみとも
をとりあつめてかへすとてよみて
をくりける
典侍藤原よるかの朝臣
たのめこしことのはいまはかへしてん
わか身ふるれはをきところなし

737
返し
近院のおほいまうちきみ
右大臣能有　文徳御子
いまはとてかへすことのはひろひをきて
をのかものからかたみとやみん

題しらす　よるかのあそん

738 玉ほこのみちはつねにもまとはなん
人をとふともわれかとおもはん

よみ人しらす

739 まてといはゝねてもゆかなんしひてゆく
こまのあしをれまへのたなはし

中納言源のゝほるの朝臣のあふみのすけに
侍ける時よみてやれりける

閑院　具

740 あふさかのゆふつけ鳥にあらはこそ
きみかゆききをなくなくもみめ

題しらす　いせ

741 ふるさとにあらぬものからわかために
人のこゝろのあれて見ゆらん

寵

742 やまかつのかきほにはへるあをつゝら
人はくれともことつてもなし

さかゐの人さね（酒井人真）

743 おほそらはこひしき人のかたみかは
ものおもふことになかめらるらん

よみ人しらす

744
あふまてのかたみもわれはなにゝせん
みてもこゝろのなくさまなくに
おやのまもりける人のむすめに
いとしのひにあひてものいひける
あひたにおやのよふといひけれ
はいそきかへるとてもをなんぬき
おきていりにけるそのゝちもを
かへすとてよめる
おきかせ

745
あふまてのかたみとてこそとゝめけめ
なみたにうかふもくつなりけり

題しらす　よみ人しらす

746
かたみこそいまはあたなれこれなくは
わするゝときもあらましものを

古今和謌集巻第十五

戀哥五

五條のきさいの宮のにしのた
いにすみける人にほいにはあら
てものいひわたりけるをむつ
きのとをかあまりになむほかへかく
れにけるあり所はきゝけれと
えものもいはてまたのとし
の春むめの花さかりに月
のおもしろかりける夜こそを
こひてかのにしのたいにいきて
月のかたふくまてあはらなる
いたしきにふせりてよめる

在原業平朝臣

747
月やあらぬ春やむかしの春ならぬ
わか身ひとつはもとの身にして

題しらす

藤原なかひらの朝臣（仲平 枇杷左大臣）

748
花すゝきわれこそしたにおもひしか
ほにいてゝ人にむすはれにけり

ふちはらのかねすけの朝臣

749 よそにのみきかましものをおとは川わたるとなしに
みなれそめけん

750 凡河内躬恒
わかことくわれをおもはん人もかな
さてもやうきとよをこころみん

751 もとかた
ひさかたのあまつそらにもすまなくに
人はよそにそおもふへらなる

752 よみ人しらす
見てもまたまたも見まくのほしけれは
なるるを人はいとふへらなり

753 きのとものり
雲もなくなきたるあさのわれなれや
いとはれてのみよをはへぬらん

754 よみ人しらす
はなかたみめならふ人のあまたあれは
わすられぬらんかすならぬみは

755 いせ
うきめのみおひてなかるるうらなれは
かりにのみこそあまはよるらめ

756 あひにあひてものおもふころのわかそてに
やとる月さへぬるるかほなる

よみ人しらす

757
あきならておくしらつゆはねさめする
わかたまくらのしつくなりけり

758
すまのあまのしほやきころもをさをあらみ
まとほにあれやきみかきまさぬ

759
やましろのよとのわかこもかりにたに
こぬ人たのむわれそはかなき

760
あひみねはこひこそまされみなせかは
なにゝふかめておもひそめけむ

761
あかつきのしきのはねかきもゝはかき
きみかこぬよはわれそかすかく

762
たまかつらいまはたゆとやふくかせの
おとにも人のきこえさるらむ

763
わかそてにまたきしくれのふりぬるは
きみかこゝろにあきやきぬらむ

764
山の井のあさき心もおもはぬを
かけはかりのみ人のみゆらむ

765
わすれなむとおもふ心のうたかひに
ありしよりけにまつそかなしき

766
こふれともあふよのなきはわすれくさ
ゆめちにさへやおひしけるらむ

767
ゆめにたにあふことかたくなりゆくは

われやいをねぬ人やわするゝ

けんけい法し

768 もろこしもゆめにみしかはちかゝりき
おもはぬなかそはるけかりける

さたのほる　貞朝臣登　仁明御子

769 ひとりのみなかめふるやのつまなれは
人をしのふのくさそおひける

僧正遍昭

770 わかやとはみちもなきまてあれにけり
つれなき人をまつとせしまに

771 いまこむといひてわかれしあしたより
おもひくらしのねをのみそなく

よみ人しらす

772 こめやとはおもふものからひくらしの
なくゆふくれはたちまたれつゝ

773 いましはとわひにしものをさゝかにの
ころもにかゝりわれをたのむる

774 いまはこしとおもふものからわすれつゝ
またるゝことのまたもやまぬか

775 月よにはこぬ人またるかきくもり
あめもふらなんわひつゝもねん

776 うゑていにしあきたかるまてみえこねは
けさはつかりのねにそなきぬる

777 こぬ人をまつゆふくれのあきかせは
いかにふけはかわひしかるらん

778 ひさしくもなりにけるかなすみのえの
まつはくるしき物にそありける

かねみのおほきみ

779 すみのえのまつほとひさになりぬれは
あしたつのねになかぬ日はなし

仲平朝臣あひしりて侍りけるを
かれかたになりにけれはちゝか
やまとのかみに侍りけるもとへ
まかるとてよみてつかはしける

いせ

780 みわの山いかにまちみん年ふとも
たつぬる人もあらしとおもへは

題しらす　雲林院のみこ（常康親王仁明御子）

781 ふきまよふ野風をさむみあきはきの
うつりもゆくか人の心の

をのゝこまち

782 いまはとてわか身しくれにふりぬれは
ことのはさへにうつろひにけり

返し　小野さたき（貞樹）

783 人をおもふ心このはにあらはこそ
かせのまにまにちりもみたれめ
なりひらの朝臣きのありつねかむすめに
すみけるをうらむることありて
しはしのあひたひるはきて
ゆふさりはかへりのみしけれは
よみてつかはしける
784 あまくものよそにも人のなりゆくか
さすかにめにはみゆるものから
返し　業平朝臣
785 ゆきかへりそらにのみしてふることは
わかゐる山のかせはやみなり

題しらす　かけのりのおほきみ
786 からころもなれは身にこそまつはれめ
かけてのみやはこひむとおもひし
とものり
787 あきかせは身をわけてしもふかなくに
人の心のそらになるらむ
源むねゆきの朝臣
788 つれもなくなりゆく人のことのはそ
あきよりさきのもみちなりける
心ちそこなへりけるころあひしりて
侍りける人のとはてここちおこたりて
のちとふらへりけれは

よみてつかはしける

兵衛　藤原高経朝臣女

しての山ふもとを見てそかへりにし
つらき人よりまつこえしとて

あひしれりける人のやうやう
かれかたになりけるあひたに
やけたるちのはにふみをさして
つかはせりける

小町かあね

時すきてかれゆくをののあさちには
いまはおもひそたえすもえける

ものおもひけるころものへまかりける

みちにのひのもえけるを
みてよめる

いせ

ふゆかれののへとわか身をおもひせは
もえてもはるをまたましものを

題しらす

とものり

水のあわのきえてうき身といひなから
なかれてなほもたのまるるかな

よみ人しらす

みなせ河ありてゆく水なくはこそ
つひにわか身をたえぬとおもはめ

みつね

794 よしの河よしや人こそつらからめ
はやくいひてし事はわすれし
読人しらす
795 よの中の人の心は花そめの
うつろひやすきいろにそありける
796 心こそうたてにくけれそめさらは
うつろふこともをしからましや
小町
797 いろ見えてうつろふ物は世中の
人の心の花にそありける
読人しらす

798 われのみや世をうくひすとなきわひん
人の心の花とちりなは
素性法師
799 おもふともかれなん人をいかゝせん
あかすちりぬる花とこそ見め
よみ人しらす
800 いまはとて君かかれなはわかやとの
花をはひとりみてやしのはん
むねゆきの朝臣
801 わすれくさかれもやするとつれもなき
人の心にしもはおかなん
寛平御時御屏風にうたかゝせ給ける

古今和歌集　巻第十五

802
たまひけるときよみてかきける
そせいほうし
わすれくさなにをかたねとおもひしは
つれなき人のこゝろなりけり

803
題しらす
あきのたのいねてふこともかけなくに
なにをうしとか人のかるらん
きのつらゆき

804
はつかりのなきこそわたれ世中の
人のこゝろのあきしうけれは
よみ人しらす

805
あはれともうしとも物をおもふときは
なとかなみたのいとなかるらん

806
みをうしとおもふにきえぬものなれは
かくてもへぬるよにこそありけれ
典侍藤原直子朝臣

807
あまのかるもにすむむしのわれからと
ねをこそなかめ世をはうらみし
いなは

808
あひみぬもうきもわか身のからころも
おもひしらすもとくるひもかな
寛平御時后宮の歌合の歌
すかのゝたゝおむ

809
つれなきをいまはこひしとおもへとも
こゝろよはくもおつるなみたか

810 題しらす　いせ
人しれすたえなましかはわひつゝも
なきなそとたにいはましものを

811 よみ人しらす
それをたに思ふこととてわかやとを
みきとないひそ人のきかくに

812 あふことのもはらたえぬる時にこそ
人のこひしきこともしりけれ

813 わひはつるときさへものゝかなしきは
いつこをしのふなみたなるらん

814 藤原おきかせ
うらみてもなきてもいはんかたそなき
かゝみにみゆるかけならすして

815 よみ人しらす
ゆふされは人なきとこをうちはらひ
なけかんためとなれるわか身か

816 わたつみのわか身こすなみたちかへり
あまのすむてふうらみつるかな

817 あらをたをあらすきかへしかへしても
人の心をみてこそやまめ

818 ありそうみのはまのまさこゝたのめしは
わするゝことのかすにそありける

819 あしへよりくもゐをさしてゆくかりの
いやとをさかるわか身かなしも

いやとほさかるわかみかなしも

820 しくれつゝもみつるよりもことのはの
こゝろのあきにあふそわひしき

821 あきかせのふきとふきぬるむさしのは
なへてくさはのいろかはりけり

こまち

822 あきかせにあふたのみこそかなしけれ
わかみむなしくなりぬとおもへは

平貞文

823 あきかせのふきうらかへすくすのはの
うらみてもなほうらめしきかな

よみ人しらす

824 あきといへはよそにそきゝしあた人の
われをふるせるなにこそありけれ

825 わすらるゝ身をうちはしのなかたえて
人もかよはぬとしそへにける

又は　こなたかなたに人もかよはす

坂上これのり

826 あふことをなからのはしのなからへて
こひわたるまにとしそへにける

とものり

827 うきなからけぬるあわともなりななむ
なかれてとたにたのまれぬみは

よみ人しらす

なかれてはいもせの山のなかにおつる
よしのゝかはのよしやよの中

古今和謌集巻第十六
哀傷謌
いもうとの身まかりける時よみ
ける
小野のたかむらの朝臣
なくなみたあめとふらなんわたりかは
水まさりなはかへりくるかに
さきのおほきおほいまうちきみを
しらかはのあたりにおくりける夜
よめる
そせいほうし

830
ちのなみたおちてそたきつしらかはゝ
きみかよまてのなにこそありけれ

831
ほりかはのおほきおほいまうちきみ
みまかりにける時にふかくさ
のやまにおさめてけるのちによ
める
僧都勝延
うつせみはからをみつゝもなくさめつ
ふかくさのやまけふりたにたて

832
かむつけのみねを
ふかくさのゝへのさくらし心あらは
ことしはかりはすみそめにさけ

833
藤原のとしゆきの朝臣のみまかり
にける時によみてかの家
につかはしける
きのとものり
ねてもみゆねてもみえけりおほかたは
うつせみのよそゆめにはありける

834
あひしれりける人のみまかりにけれは
よめる
きのつらゆき
ゆめとこそいふへかりけれよの中に
うつゝあるものとおもひけるかな

835

あひ志れりける人の身まかりにける
ときによめる
みふのたゝみね
ぬるかうちにみるをのみやはゆめといはむ
はかなきよをもうつゝとはみす

836

あねのみまかりにけるときによめ
る
さをせけはふちとなりてもよとみけり
わかれをとむるしからみそなき

837

藤原のたゝふさかむかしあひしりて
侍ける人のみまかりにける時にとふらひにつかはす
とてよめる
閑院
さきたゝぬくいのやちたひかなしきは
なかるゝみつのかへりこぬなり

838

きのとものりかみまかりにける時
によめる
つらゆき
あすしらぬわかみとおもへとくれぬまの
けふは人こそかなしかりけれ

839

たゝみね
ときしもあれあきやは人のわかるへき
あるをみるたにこひしきものを
はゝかおもひにてよめる

凡河内躬恒
神な月しくれにぬるゝもみちはゝ
たゝわひ人のたもとなりけり
ちゝかおもひにて侍りけるころよめる
たゝみね
ふちころもはつるゝいとはわひ人の
なみたのたまのをとそなりける
おもひに侍りけるとしのあき山
てらへまかりけるみちにてよめる
つらゆき
あさつゆのおくてのやまたかりそめに
うきよのなかをおもひぬるかな
おもひに侍りける人をとふらひにまかりて
よめる
たゝみね
すみそめのきみかたもとは雲なれや
たえすなみたのあめとのみふる
女のおやのおもひにてやまてらに侍りけるを
あるひとのとふらひつかはせりけれは
かへりことによめる
よみ人しらす
あしひきのやまへにいまはすみそめの
ころものそてはひるときもなし
諒闇の年池のほとりの花をみてよめる

よめる
諒闇の年池のほとりの花を見て
みつのおもにしつく花のいろさやかにも
きみかみかけのおもほゆるかな
ふかくさのみかとの御国忌の日
よめる
文屋やすひて
くさふかきかすみのたにかけかくし
てる日のくれしけふにやはあらぬ
ふかくさのみかとの御時に蔵
人のかしらにてよるひるなれつかうまつ
りけるを諒闇になりにけれは
さらによにもましらすしてひえの山
にのほりてかしらおろしてけり

その又のとしみな人御ふくぬきて
あるはかうふりたまはりなとよろ
こひけるをききてよめる
僧正遍昭
みな人は花のころもになりぬなり
こけのたもとよかわきたにせよ
河原のおほいまうちきみの身まかりての
あきかの家のほとりをまかりけるに
もみちのいろまたふかくもならさりけるを
見てかの家によみていれたりける
近院の右のおほいまうちきみ

うちつけにさひしくもあるかもみちはも
ぬしなきやとはいろなかりけり
藤原のたかつねの朝臣の身まかりて
又のとしの夏ほとゝきすのなきけるを
きゝてよめる
つらゆき
ほとゝきすけさなくこゑにおとろけは
きみをわかれしときにそありける
さくらをうゑてありけるにやう
やく花さきぬへき時にかのうゑ
ける人身まかりにけれはその
花を見てよめる

きのもちゆき
花よりも人こそあたになりにけれ
いつれをさきにこひんとかみし
あるし身まかりにける人の家の
梅の花を見てよめる
つらゆき
いろもかもむかしのこさにゝほへとも
うゑけん人のかけそこひしき
河原の左のおほいまうちきみの
身まかりてのちかの家にまかりて
ありけるにしほかまといふ所の
さまをつくれりけるを見てよめる

める

852
きみまさてけふりたえにししほかまの
うらさひしくもみえわたるかな

853
ふちはらのとしもとの朝臣の
右近中将にてすみ侍りけるさうし
のみまかりてのち人もすますなりに
けるをあきのよふけてものよりまうて
くるついてにみいれけれはもとありし
せんさいもいとしけくあれたりけるを
みてはやくそこに侍りけれはむかしを
思ひやりてよみける　御春有助

みはるのありすけ
きみかうゑしひとむらすゝきむしのねの
しけきのへともなりにけるかな

854
これたかのみこの父の侍りけむ時に
よめりけむうたともとこひけれは
かきておくりけるおくによみてかけりける
とものり
ことならはことのはさへもきえななむ
みれはなみたのたきまさりけり

855
題しらす　よみ人しらす
なき人のやとにかよはゝほとゝきす
かけてねにのみなくとつけなむ

[illegible]
たれみよと花さけるらむ白雲の
たつのとはやくなりにしものを
式部卿のみこ閑院の五のみこに
すみわたりけるをいくはくも
あらて女みこのみまかりにける
ときにかのみこすみける帳の
かたひらのひもにふみを
ゆひつけたりけるをとりて見れはむかしの
てにてこの歌をなむかきつけたり
ける
かすかすにわれをわすれぬものならは
山のかすみをあはれとはみよ
をとこの人のくにゝまかれりけるまに
女にはかにやまひをしていとよはく
なりにける時よみおきてしにける
こゑをたにきかてわかるゝたまよりも
なきとこにねむきみそかなしき
やまひにわつらひ侍ける秋
心地のたのもしけなくおほえけれは
よみて人のもとにつかはしける

大江千里

もみちはのかせにまかせてみるよりも
はかなきものはいのちなりけり

身まかりなんとてよめる

藤原これもと　惟本

つゆをなとあたなるものとおもひけん
わかみもくさにおかぬはかりを

やまひしてよわくなりにける時よめる

なりひらの朝臣

つゐにゆくみちとはかねてきゝしかと
きのふけふとはおもはさりしを

かひのくにゝあひしりて侍ける人
とふらはんとてまかりけるをみちなかにて
にはかにやまひをしていまいまと
なりにけれはよみて京にもてまかりて
はゝにみせよといひて人につけ侍ける
哥

在原しけはる

かりそめのゆきかひちとそおもひこし
いまはかきりのかとてなりけり

866　865　864　863

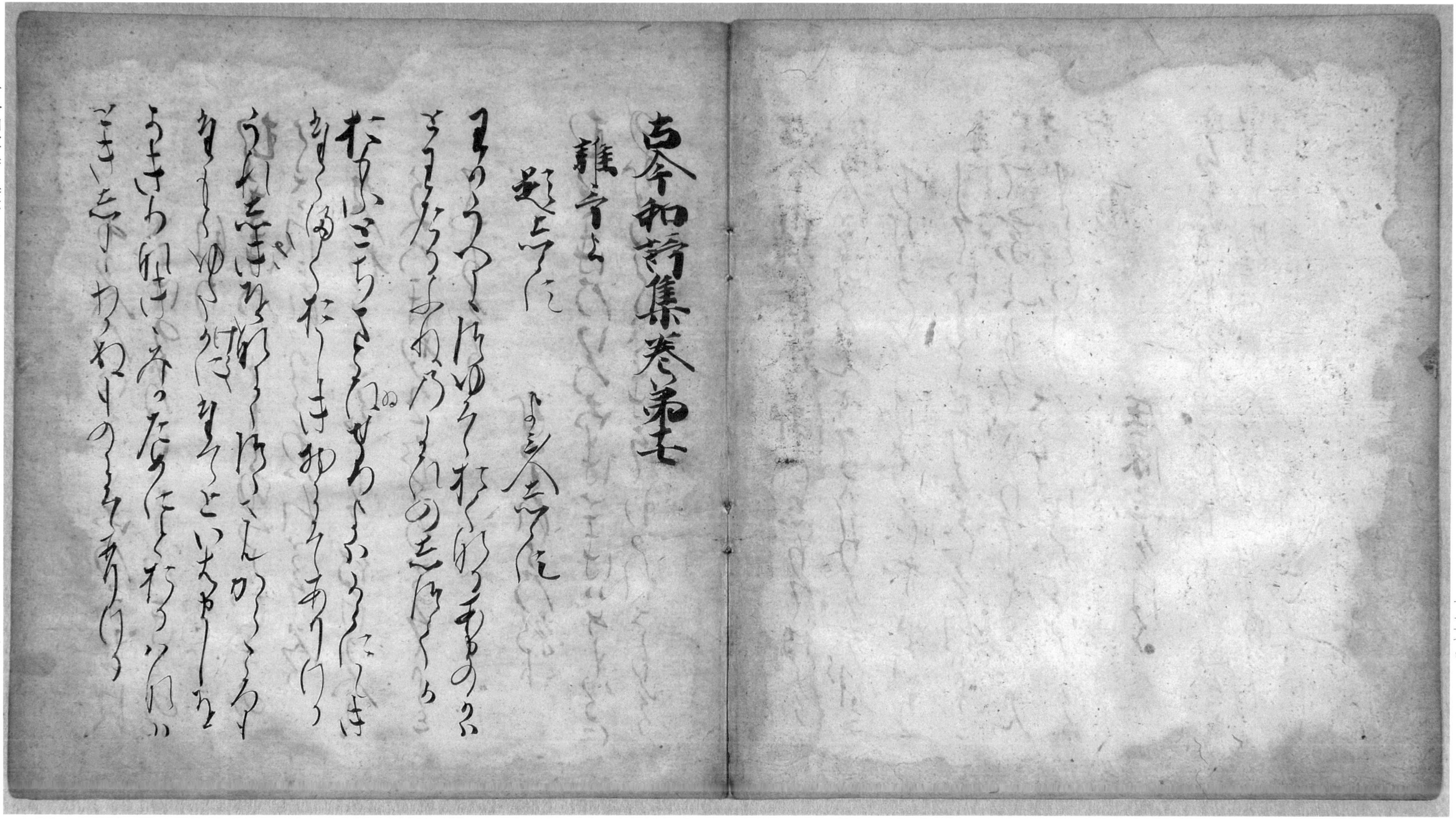

下五八オ

下五七ウ

867

ある人のいはくこのうたは
さきのおほいまうちきみの
なり
むらさきのひともとゆへにむさしのゝ
くさはみなからあはれとそみる

868

めのおとうとをもて侍りける人に
うへのきぬをおくるとてよみて
やりける
なりひらの朝臣
むらさきのいろこきときはめもはるに
のなるくさきそわかれさりける

869

大納言藤原くにつねの朝臣のさい
しやうより中納言になりける時そめぬ
うへのきぬあやをおくるとて
よめる
近院右のおほいまうちきみ
いろなしと人やみるらんむかしより
ふかきこゝろにそめてしものを
いそのかみのなむまつか宮つかへも
せていそのかみといふ所にこもり侍りけるを
にはかにかうふり給はれりけれは
よろこひいひつかはすとて
よみてつかはしける

870

ふるのいまみち

ひのひかりやぶしわかねばいそのかみ
ふりにしさとに花もさきけり

871

二条のきさきのまだ東宮のみ
やすん所と申ける時におほは
らのにまうでたまひける日よめる

なりひらの朝臣

おほはらやをしほの山もけふこそは
かみよのことも思ひいづらめ

872

五せちのまひひめをみてよめる

よしみねのむねさだ

あまつかぜ雲のかよひぢふきとぢよ
をとめのすがたしばしとゞめん

873

五せちのあしたにかんざしの玉の
おちたりけるをみてたがならんと
とぶらひてよめる

河原左大臣

ぬしやたれとへどしら玉いはなくに
さらばなべてやあはれとおもはん

寛平御時うへのさぶらひに侍りけ
るをのこどもかめをもたせてきさい
の宮の御方におほみきのおろしときこえに
たてまつりたりけるをくら人どもわらひて

まつりたりけるをくら人ともわらひて
かめをおまへにもていてヽともかくも
いはすなりにけれはつかひのかへり
きてさなむありつるといひけれは
くら人の中におくりける
ふちはら　としゆきの朝臣

874
玉たれのこかめやいつらこよろきの
いその浪わけおきにいてにけり

女ともの見てわらひけれはよめる
けむけいほうし

875
かたちこそみ山かくれのくちきなれ
心は花になさはなりなむ

方たかへに人の家にまかれりける時に
あるしのきぬをきせたりけるを
あしたにかへすとてよみける
きのとものり

876
せみのはのよるの衣はうすけれと
うつりかこくもにほひぬるかな

題しらす　よみ人しらす

877
おそくいつる月にもあるかなあしひきの
山のあなたもをしむへらなり

878
わか心なくさめかねつさらしなや
をはすて山にてる月をみて

879 おほかたは月をもめてしこれそこの
つもれは人のおいとなるもの
月おもしろしとて凡河内躬恒
まうてきたりけるによめる
きのつらゆき
880 かつみれはうとくもあるかな月かけの
いたらぬさともあらしとおもへは
881 いけに月のみえけるをよめる
ふたつなきものとおもひしをみなそこに
山のはならていつる月かけ
題しらす　よみ人しらす

882 あまの河くものみをにてはやけれは
ひかりとゝめす月そなかるゝ
883 あかすして月のかくるゝ山もとは
あなたおもてそこひしかりける
これたかのみこのかりしけるともにまかりて
やとりにかへりてよひとよさけをのみものかたり
をしけるに十一日の月もかくれなむとしける
おりにみこゑひてうちへいりなむとしけれは
よみ侍りける
なりひらの朝臣

884
あかなくにまたきも月のかくるゝか
やまのはにけていれすもあらなん
田むらの御ときに斎院
にはへりけるあきらけいこのみこを
はゝあやまちありといひて斎
院をかへられんとしけるを その
ことやみにけれはよめる
尼敬信 そのみこの母

885
おほそらをてりゆく月しきよけれは
くもかくせともひかりけなくに
題しらす　よみ人しらす

886
いそのかみふるからをのゝもとかしは
もとのこゝろはわすられなくに

887
いにしへのゝなかのしみつぬるけれと
もとのこゝろをしる人そくむ

888
いにしへのしつのをたまきいやしきも
よきもさかりはありしものなり

889
いまこそあれわれもむかしはをとこやま
さかゆくときもありこしものを

890
よのなかにふりぬるものはつのくにの
なからのはしとわれとなりけり

891
さゝのはにふりつむゆきのうれをおもみ
もとくたちゆくわかさかりはも

892
おほあらきのもりのしたくさおいぬれは
こまもすさめすかる人もなし
又はさくらあさのをふのしたくさ
おいぬれは

893
かそふれはとまらぬものをとしといひて
ことしはいたくおいそしにける

894
おしてるやなにはのみつにやくしほの
からくも我はおいにけるかな
又はおほとものみつのはまへに

895
おいらくのこむとしりせはかとさして
なしとこたへてあはさらましを
このみつのうたはむかしありける
みたりのおきなのよめるとなん

896
さかさまにとしもゆかなむとりもあへす
すくるよはひやともにかへると

897
とりとむるものにしあらねはとし月を
あはれあなうとすくしつるかな

898
とゝめあへすむへもとしとはいはれけり
しかもつれなくすくるよはひか

899
かゝみやまいさたちよりて見てゆかん
としへぬるみはおいやしぬると
このうたはある人のいはくおほともの
くろぬしかなり

なりひらの朝臣のはゝのみこの三たいなり。

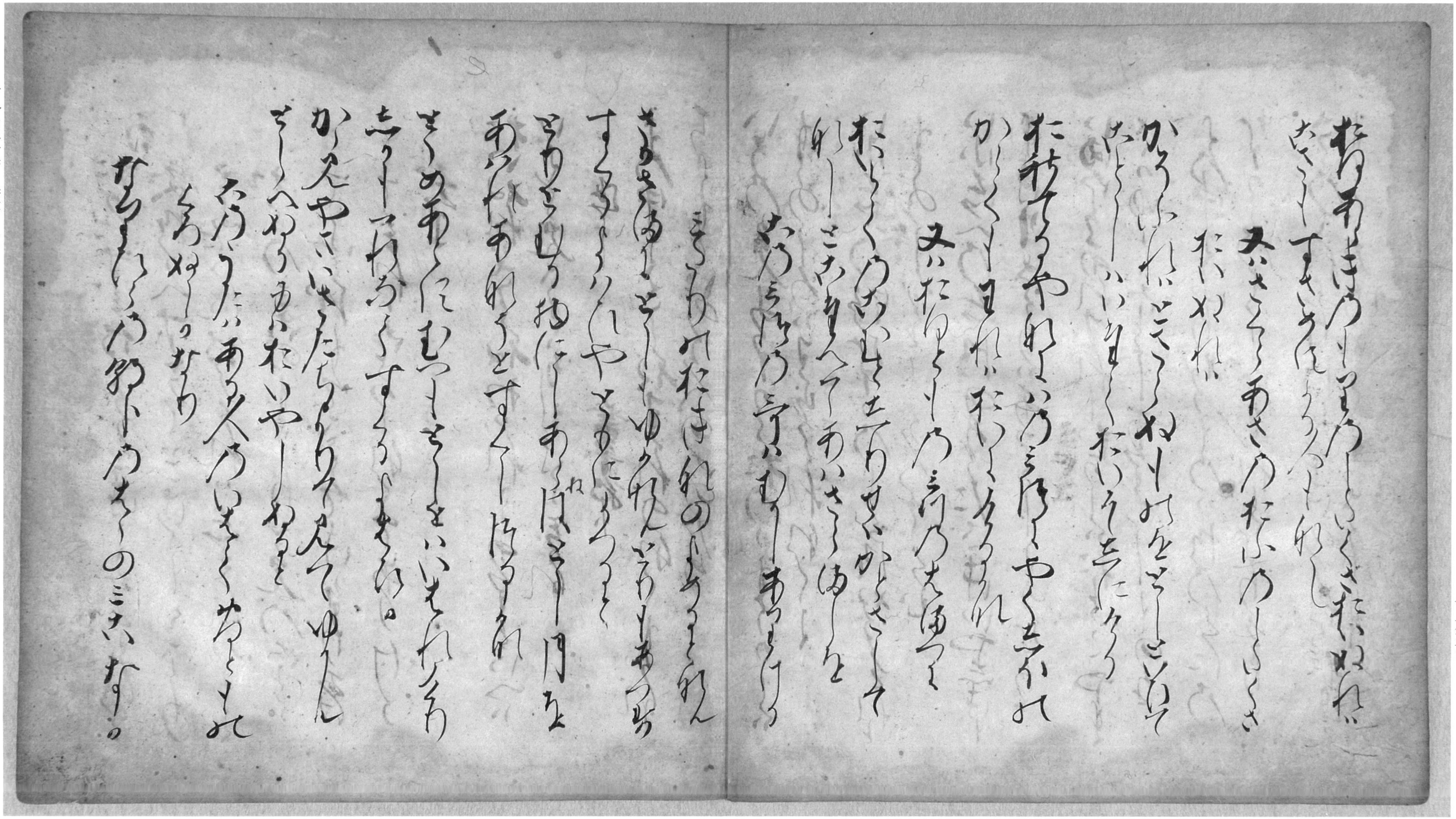

903　902　901　900

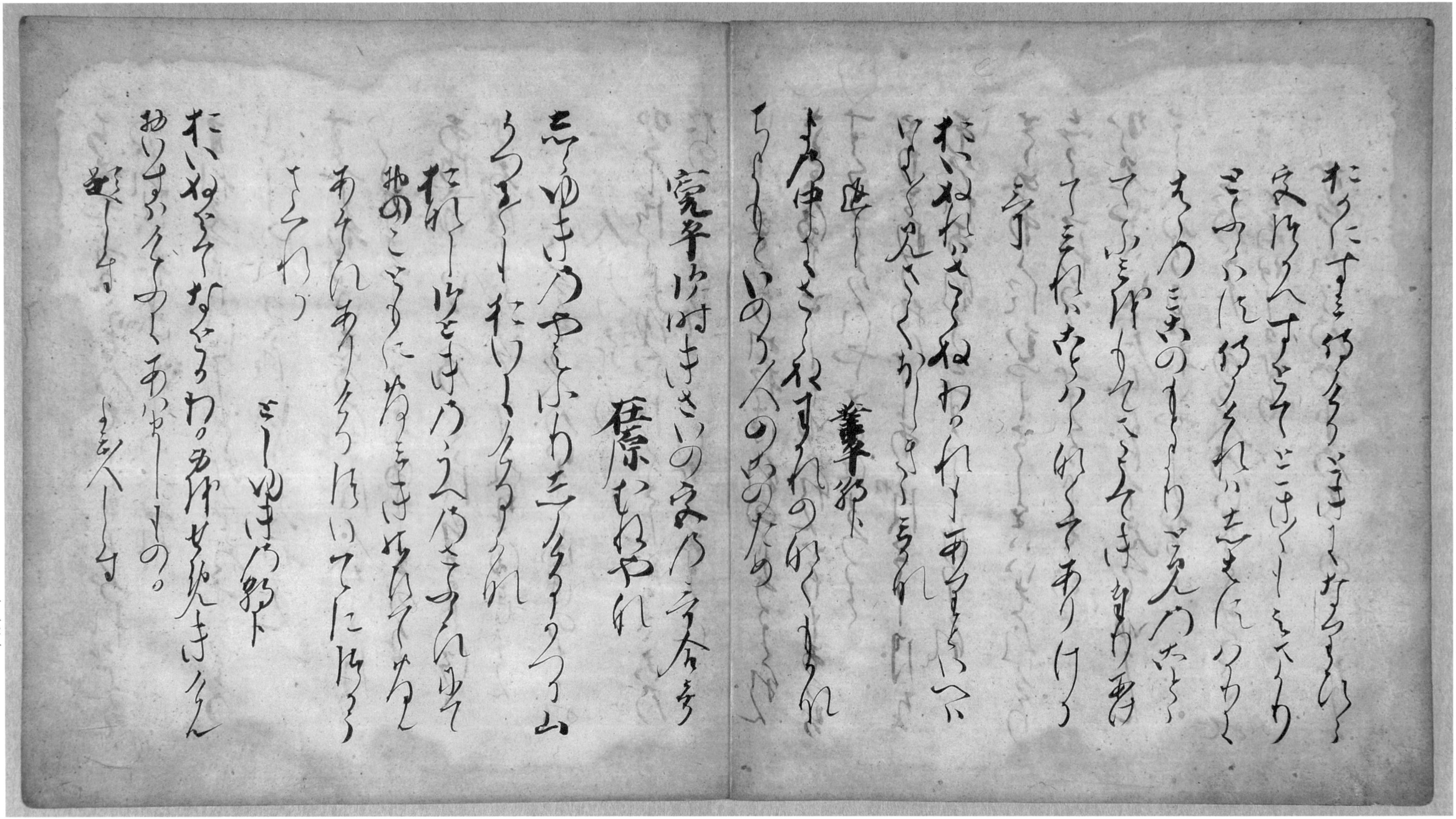

904 ちはやふるうちのはしもりなれをしそ
あはれとはおもふとしのへぬれは

905 われみてもひさしくなりぬすみのえの
きしのひめまついくよへぬらん

906 すみよしのきしのひめまつ人ならは
いくよかへしとゝはましものを

907 あつさゆみいそへのこまつたかよにか
よろつよかねてたねをまきけん
このうたはある人のいはくかきのもとの
人まろかなり

908 かくしつゝよをやつくさんたかさこの
をのへにたてるまつならなくに

909 藤原おきかせ
たれをかもしる人にせんたかさこの
まつもむかしのともならなくに
よみ人しらす

910 わたつうみのおきつしほあひにうかふあわの
きえぬものからよるかたもなし

911 わたつうみのかさしにさせる白たへの
なみもてゆへるあはちしま山

912 わたの原よせくるなみのしはしはも
みまくのほしきたまつしまかも

913 なにはかたしほみちくらしあまころも
たみのゝしまにたつなきわたる

914
つらゆきかいつみのくにゝ侍ける時に
やまとよりこえまうてきて
よみてつかはしける
藤原たゝふさ
きみをおもひおきつのはまになくたつの
たつねくれはそありとたにきく

915
返し　つらゆき
おきつなみたかしのはまのはま松の
なにこそきみをまちわたりつれ

916
なにはにまかれりける時よめる
なにはかたおふるたまもをかりそめの
あまとそわれはなりぬへらなる

917
あひしれりける人のすみよしに
まうてけるによみてつかはしける
みふのたゝみね
すみよしとあまはつくともなかゐすな
人わすれくさおふといふなり

918
なにはへまかりける時たみのゝしまにて
あめにあひてよめる
つらゆき
あめによりたみのゝしまをけふゆけと
なにはかくれぬものにそありける

919

たいにてよませたまひける
あしたつのたてるかはへをふくかせに
よせてかへらぬなみかとそみる

920

なかつかさのみこの家のいけにふね
をつくりておろしはしめてあそ
ひける日法皇御覧しにおはし
ましたりけりゆふさりかへりおはし
ましまさむとしけるをりに
よみてたてまつりける

いせ

水のうへにうかへるふねの君ならは
こゝそとまりといはましものを

921

からことゝいふところにてよめる

真せいほうし

みやこまてひゝきかよへるからことは
なみのをすけてかせそひきける

922

ぬのひきのたきにてよめる

在原行平朝臣

こきちらすたきのしらたまひろひおき
てよのうきときのなみたにそかる

ぬのひきのたきのもとにて人々あ
つまりて哥よみけるときによ
める

なりひらの朝臣

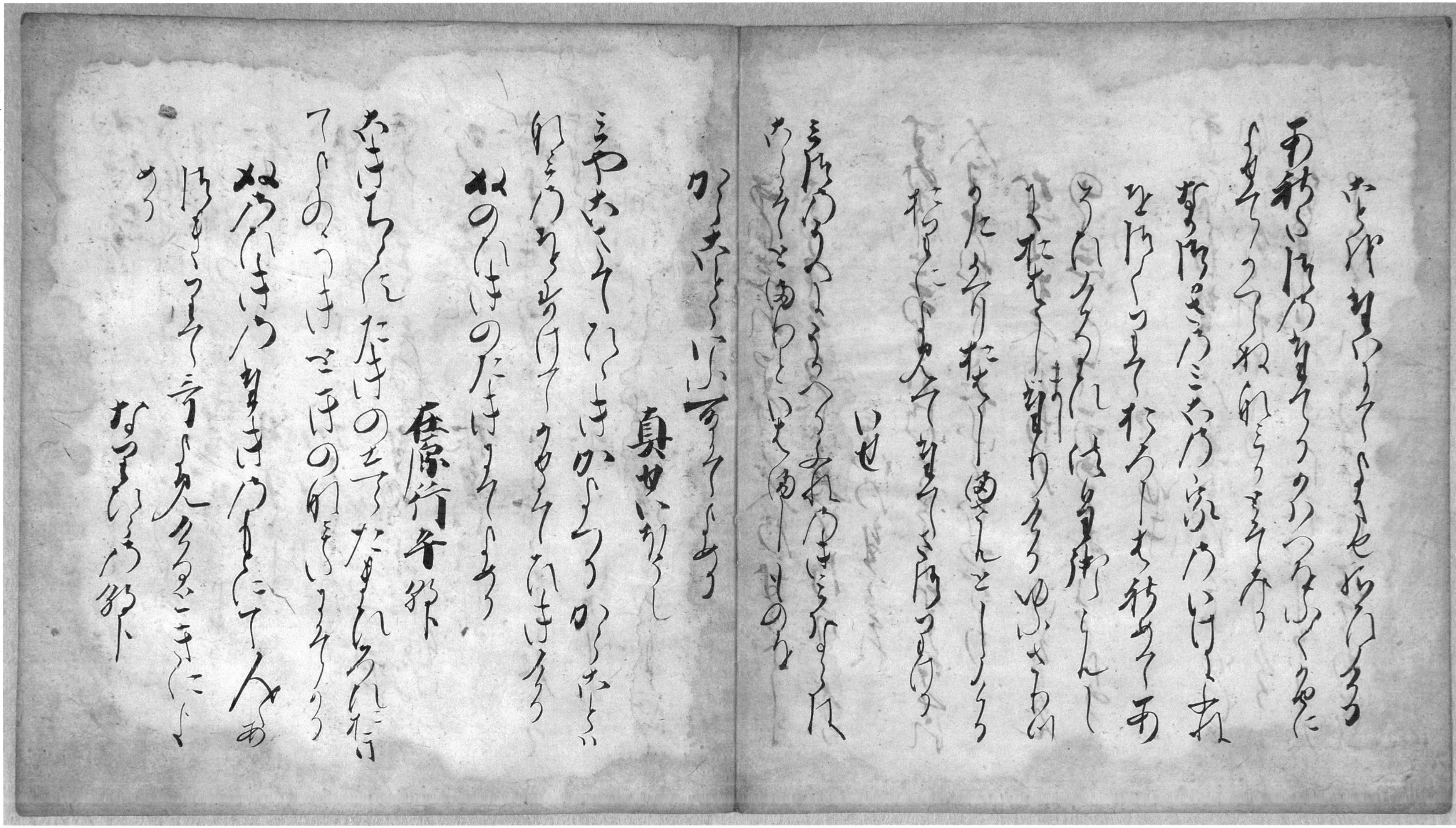

923
ぬきみだる人こそあるらし白玉の
まなくもちるかそでのせばきに
よしののたきを見てよめる
承均法師

924
たがためにひきてさらせるぬのなれや
よをへてみれどとる人もなき
題しらず　神退法師

925
きよたきのせゞのしらいとくりためて
やまわけごろもおりてきましを
龍門にまうでゝたきのもとにて
よめる

926
伊勢
たちぬはぬきぬきし人もなきものを
なにやまひめのぬのさらすらん
朱雀院のみかどぬのびきのたき
ごらんぜんとてふみづきのなぬかの日
おはしましてありける時にさぶらふ
人々にうたよませ給ひけるに
よめる
たちばなのながもり

927
ぬしなくてさらせるぬのをたなばたに
わがこころとやけふはかさまし
ひえのやまなるおとはのたきを見て

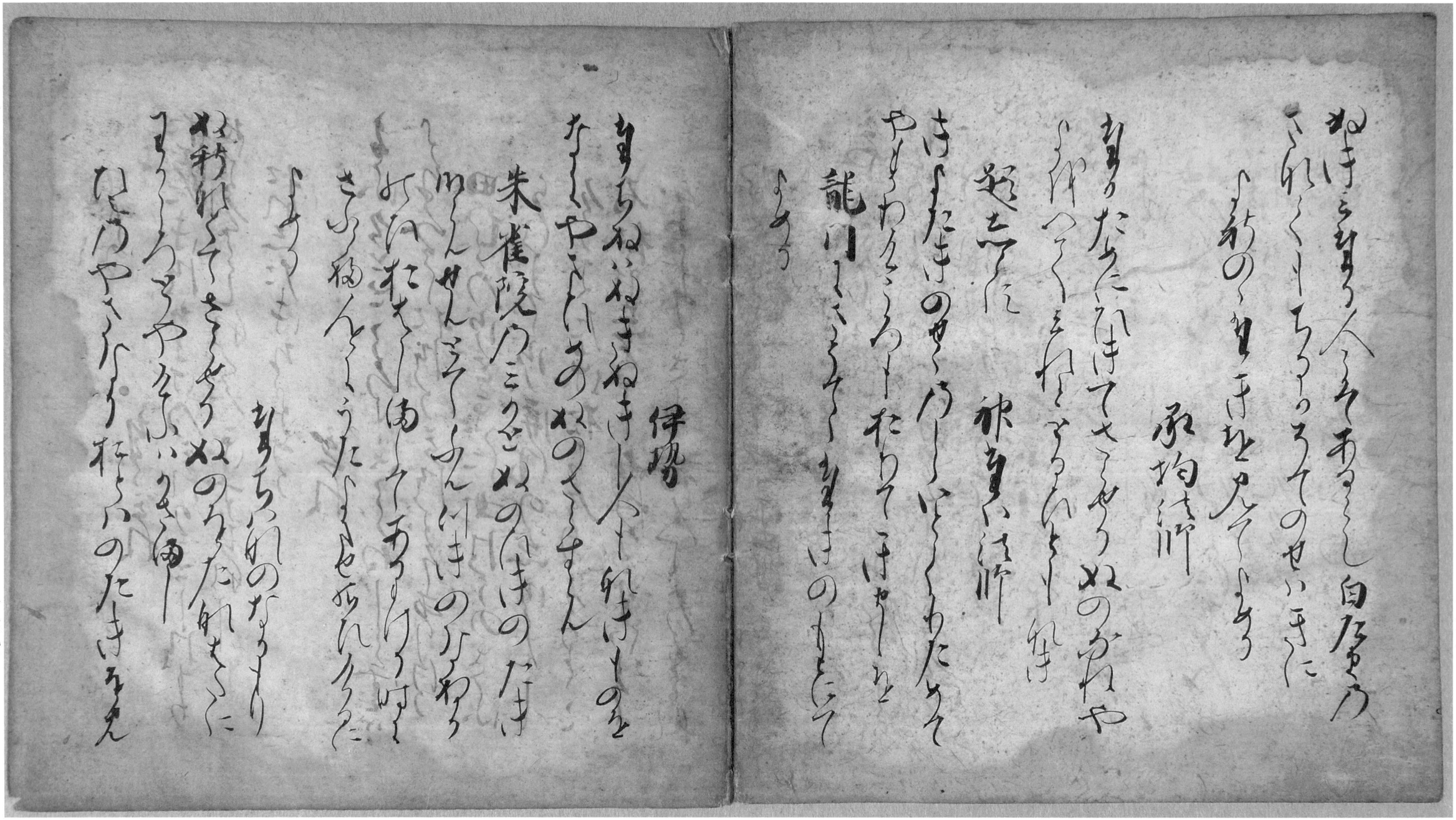

てよめる　忠岑
おちたきつたきのみなかみとしつもり
おいにけらしなくろきすちなし
おなしたきをよめる　みつね
かせふけとところもさらぬしらくもは
よをへておつるみつにそありける
田むらの御時に女房のさふらひにて
御屏風の絵御らんしけるにたきおちたり
けるところおもしろしこれを題にてうたよめと
さふらふ人におほせられけれは

よめる
三條乃町　惟喬親王母
おもひせくこころのうちのたきなれや
おつとはみれとおとのきこえぬ
屏風の絵なる花をよめる
つらゆき
さきそめしときよりのちはうちはへて
よははるなれやいろのつねなる
屏風の絵によみあはせてかきける
坂上是則
かりてほす山田のいねのこきたれて

なきこそわたれあきのうけれは

古今和哥集巻第十八

雑哥下

題しらす　よみ人しらす

933 よのなかはなにかつねなるあすかゝはきのふのふちそけふはせになる

934 いくよしもあらしわかみをなそもかくあまのかるもにおもひみたるゝ

935 かりのくるみねのあさきりはれすのみおもひつきせぬよのなかのうさ

936 志かりとてそむかれなくにことしあ
れはまつなけかれぬあなうよの中

937 かひのかみに侍りける時京へ
まかりける人につかはし
ける
をのさたき
みやこ人いかにとゝはゝやまたかみはれ
ぬくもゐにわふとこたへよ

938 ふんやのやすひてみかはのそうに
なりてあかたみにはえいてたゝ
しやといひやれりける返事に
よめる
をのゝこまち
わひぬれは身をうき草のねをたえて
さそふ水あらはいなむとそおもふ

939 題しらす
あはれてふことこそうたてよの中を
おもひはなれぬほたしなりけれ

940 よみ人しらす
あはれてふことのはことにおく露は
むかしをこふるなみたなりけり

941 よの中のうきもつらきもつけなくに
まつしる物はなみたなりけり

942 よの中はゆめかうつゝかうつゝとも

ゆめともしらすありてなけれは

943
よの中にいつらわかみのありてなし
あはれとやいはむあなうとやいはむ

944
やまさとはもののわひしきことこそあれ
よのうきよりはすみよかりけり

これたかのみこ

945
しら雲のたえすたなひくみねにたに
すめはすみぬるよにこそありけれ

ふるのいまみち

946
しりにけりきゝてもいとへよのなかは
なみのさわきにかせそしくめる

そせい

947
いつこにかよをはいとはむこころこそ
のにもやまにもまとふへらなれ

よみ人しらす

948
よの中はむかしよりやはうかりけむ
わかみひとつのためになれるか

949
よの中をいとふやまへのくさきとや
あなうの花のいろにいてにけむ

950
みよしのの山のあなたにやともかな
よのうきときのかくれかにせむ

951
よにふれはうさこそまされみよしのの
いはのかけみちふみならしてむ

952 いかならむいはほのなかにすまばかは
よのうきことのきこえこざらむ

953 あしひきの山のまにまにかくれなむ
うきよのなかはあるかひもなし

954 世中のうけくにあきぬおく山の
このはにふれるゆきやけなまし

おなじもじなきうた

955 よのうきめみえぬ山ぢへいらむには
おもふ人こそほだしなりけれ

山のほうしのもとへつかはしける
凡河内躬恒

956 よをすてて山にいる人山にても
なほうきときはいづちゆくらむ

ものおもひけるときいときなき
子をみてよめる

957 いまさらになにおひいづらむたけのこの
うきふししげきよとはしらずや

題しらず　よみ人しらず

958 よにふれば事のはしげきくれたけの
うきふしごとにうぐひすぞなく

959 木にもあらず草にもあらぬ竹のよの
はしにわが身はなりぬべらなり

960

ある人のいはく　たかつのみこの
うたなり

わかみからうき世の中となつけつゝ
人のためさへかなしかるらん

961

をきのくにゝなかされて侍ける
ときによめる

たかむらの朝臣

おもひきやひなのわかれにおとろへて
あまのなはたきいさりせむとは

たむらの御時にことにあたりて
つのくにのすまといふ所にこもり侍けるに
宮のうちに侍ける人につかはしける

229補遺頁

962

在原行平朝臣

わくらはにとふ人あらはすまのうらに
もしほたれつゝわふとこたへよ

963

左近将監とけて侍ける時に
女のとふらひにおこせたりける
返ことによみてつかはしける

小野はるかせ

あまひこのおとつれしとそいまはおもふ
われか人かと身をたとるよに

つかさとけて侍けるときよめる

平さたふん

964
うきよにはかとさせりとも見えなくに
なとかわか身のいてかてにする

965
ありはてぬいのちまつまのほとはかり
うきことしけくおもはすもかな

966
みこの宮のたちはきに侍りけるを
みやつかへつかうまつらすとて
とけて侍りける時によめる
みやちのきよき　清樹
つくはねのこのもとことにたちそよる
はるのみやまのかけをこひつゝ

967
ときなりける人のにはかにときなく
なりてなけくをみてみつからのなけき
もなくよろこひもなきことを思ひてよめる
清原ふかやふ
ひかりなきたにははるもよそなれは
さきてとくちるものおもひもなし

968
かつらに侍りけるときに七条の中
宮のとはせたまへりける御返ことに
たてまつれりける
いせ
ひさかたのなかにおひたるさとなれは
ひかりをのみそたのむへらなる

きのとしさたかあはのすけにまかりける
ときにむまのはなむけ
せむとてけふといひおくれりける
ときにここかしこにまかりありき
てよふくるまてみえさりけれは
つかはしける
なりひらの朝臣
いまそ知るくるしきものと人またむ
さとをはかれすとふへかりけり
これたかのみこのもとにまかりかよひ
けるをかしらおろして

をのといふ所に侍りけるに正月に
とふらはむとてまかりたりけるに
ひえの山のふもとなりけれはゆきいと
ふかかりけりしひてかのむろに
まかりいたりてをかみけるに
つれつれとしていと物かなしくて
かへりまうてきてよみておくりける
忘れてはゆめかとそ思ふ思ひきや
ゆきふみわけて君を見むとは
ふかくさのさとにすみ侍りて京へ
まうてくとてそこなりける人
によみておくりける

971 としをへてすみこしさとをいでていなは
いとゝふかくさのとやなりなん

返し　　よみ人しらす

972 のとならはうつらとなきてとしはへん
かりにたにやはきみはこさらん

題しらす

973 われをきみなにはのうらにありしかは
うきめをみつのあまとなりにき

このうたはある人むかしおとこありける
をうなのをとこゝはすなりにけれは
なにはなるみつのてらにまかりて
あまになりてよみてをとこにつかはせり
けるとなんいへる

返し

974 なにはかたうらむへきまもおもほえす
いつこをみつのあまとかはなる

975 いまさらにとふへき人もおもほえす
やへむくらしてかとさせりてへ

ともたちのひさしうまうてこさりける
もとによみてつかはしける
みつね

976

みつね
みつのおもにおふるさ月のうきくさの
うき事あれやねをたえてこぬ

977

人をとはてひさしうありけるをり
にあひうらみけれはよめる
みつね
身をすてゝゆきやしにけむおもふより
ほかなる物は心なりけり

978

むねをかのおほよりかこしよりまうて
きたりける時にゆきのふりけるを見て
おのかおもひはこのゆきのことくなむ
つもれるといひけるをりによめる
みつね
きみかおもひゆきとつもらはたのまれす
はるよりのちはあらしとおもへは

979

返し　宗岳大頼
きみをのみおもひこしちのしら山は
いつかはゆきのきゆる時ある

980

こしなりける人につかはしける
きのつらゆき
おもひやるこしのしら山しらねとも
ひとよもゆめにこえぬよそなき

題しらす
よみ人しらす

981
いさこゝにわかよはへなんすかはらや
ふしみのさとのあれまくもをし

982
わかいほはみわのやまもとこひしくは
とふらひきませすきたてるかと

983
きせん法し
わかいほはみやこのたつみしかそすむ
よをうちやまと人はいふなり

984
よみ人しらす
あれにけりあはれいくよのやとなれや
すみけん人のおとつれもせぬ

985
ならへまかりける時にあれたる
家に女のきんひけるをきゝて
よみていれたりける
よしみねのむねさた
わひ人のすむへきやとゝみるなへに
なけきくははることのねそする

986
はつせにまうつる道にならの京に
やとれりける時よめる
二条　源至朝臣女子
人ふるすさとをいとひてこしかとも
ならのみやこもうきななりけり

987
題しらす　よみ人しらす
世中はいつれかさしてわかならん
ゆきとまるをそやとゝさためる

あふさかのあらしのかせはさむけれと
ゆくへしらねはわひつゝそぬる
かせのうへにありかさためぬちりの
みはゆくへもしらす
なりぬへらなり
いせ
あすかゝはふちにもあらぬわかやとも
せにかはりゆくものにそありける
つくしに侍ける時にまかりかよひつゝ
碁うちける人のもとに京に
かへりまうてきてつかはしける
きのとものり

ふるさとはみしこともあらすをのゝえの
くちしところそこひしかりける
女ともたちとものかたりしてわかれて
のちにつかはしける
みちのく　橘葛直女子
あかさりしそてのなかにやいりにけむ
わかたましひのなきこゝちする
寛平の御時にもろこしのはう
官にめされて侍ける時に春
宮のさふらひにてをのこともさけ
たうへけるついてによみ侍ける

ふちはらのたゝふさ

993
なよたけのよなかきうへにはつしもの
おきゐてものをおもふころかな

題しらす　よみ人しらす

994
かせふけはおきつしらなみたつた山
よはにやきみかひとりこゆらん

ある人この哥はむかしやまとのく
になりける人のむすめにある
人すみわたりけりこの女おやも
なくなりていへもわるくなり
ゆくあひたにこのをとこ

かうちのくにゝ人をあひしりて
かよひつゝかれやうにのみなりゆき
けりさりけれともつらけなるけしき
もみえてかうちへいくことにをとこの
こゝろのことくにしつゝいたしやりけれ
はあやしとおもひてもしなきまに
ことこゝろもやあるとうたかひて
月のおもしろかりける夜かうちへ
いくまねにてせんさいのなかに
かくれてみけれは夜ふくるまて
ことをかきならしつゝうち

なけきてこのうたをよみて
ねにけれはこれをきゝてそれ
より又ほかへもまからすなりにけり
となむいひつたへたる
たかみそきゆふつけとりかからころも
たつたのやまにおりはへてなく
わすられん時しのへとそはまちとり
ゆくゑもしらぬあとをとゝむる
貞観御時万葉集はいつはかりつくれるそ
とはせたまひけれはよみて
たてまつりける
文屋ありすゑ
神な月しくれふりおけるならのはの
なにおふ宮のふることそこれ
寛平御時うたたてまつりけれは
たてまつりける
大江千里
あしたつのひとりおくれてなくこゑは
雲のうへまてきこえつかなむ
ふちはらのかちおん
人しれすおもふこゝろは春霞
たちいてゝきみかめにもみえなむ
哥めしける時にたてまつるとて

よみておくにかきつけてたて
まつりける　　いせ
山河のおとにのみきくもゝしきを
身をはやなから見るよしもかな

古今和謌集巻第十九

雑躰

短謌

題しらす　よみ人しらす

あふことの　まれなる色に
おもひそめ　わか身はつねに
あまくもの　はるゝときなく
ふしのねの　もえつゝとはに
おもへとも　あふことかたし

なにしかも　人をうらみん
わたつみの　おきをふかめて
おもひてし　おもひはいまは
いたつらに　なりぬへらなり
ゆくみつの　たゆるときなく
かくなわに　おもひみたれて
ふるゆきの　けなはけぬへく
おもへとも　えふのみなれは
なほやます　おもひはふかし
あしひきの　やましたみつの

こかくれて　たきつこころを
たれにかも　あひかたらはん
いろにいては　人しりぬへみ
すみそめの　ゆふへになれは
ひとりゐて　あはれあはれと
なけきあまり　せんすへなみに
にはにいてて　たちやすらへは
しろたへの　ころものそてに
おくつゆの　けなはけぬへく
おもへとも　なほなけかれぬ
はるかすみ　よそにも人に

ありんとおもふ
ふるうたゝてまつりしときの
もくろくのそのなかうた
つらゆき
ちはやふるかみのみよゝり
くれたけのよゝにもたえす
あまひこのおとはのやまの
はるかすみおもひみたれて
さみたれのそらもとゝろに
さよふけてやまほとゝきす
なくことにたれもねさめて
からにしきたつたのやまの
もみちはをみてのみしのふ
かみなつきしくれしくれて
ふゆのよのにはもはたれに
ふるゆきのなほきえかへり
としことにときにつけつゝ
あはれてふことをいひつゝ
きみをのみちよにといはふ
よのひとのおもひするかの
ふしのねのもゆるおもひも

あかすして　わかるゝなみた
ふちころも　をれるこゝろも
やちくさの　ことのはことに
すへらきの　おほせかしこみ
まき／＼の　なかにつくすと
いせのうみの　うらのしほかひ
ひろひあつめ　とれりとすれと
たまのをの　みしかきこゝろ
おもひあへす　なほあらたまの
としをへて　おほみやにのみ

ひさかたの　ひるよるわかす
つかふとて　かへりみもせぬ
わかやとの　しのふくさおふる
いたまあらみ　ふるはるさめの
もりやしぬらむ

1003
ふるうたにくはへてたてまつれるなかうた
壬生忠岑
くれたけの　よゝのふること
なかりせは　いかほのぬまの
いかにして　おもふこゝろを

のはへまし　あはれむかしへ
ありきてふ　人まろこそは
うれしけれ　身はしもなから
ことのはを　あまつそらまて
きこえあけ　すゑのよまての
あととなし　いまもおほせの
くたれるは　ちりにつけとや
ちりの身に　つもれることを
とはるらん　これをおもへは
けたものの　くもにほえけん
ここちして　ちちのなさけも

おもほえす　ひとつこころそ
ほこらしき　かくはあれとも
てるひかり　ちかきまもりの
身なりしを　たれかはあきの
くるかたに　あさむきいてて
みかきより　とのへもる身の
みかきもり　をさをさしくも
おもほえす　ここのかさねの
なかにては　あらしのかせも
きかさりき　いまはのやまし

ちかけれは　はるはかすみに
たなひかれ　なつはうつせみ
なきくらし　あきはしくれに
そてをかし　ふゆはしもにそ
せめらるゝ　かゝるわひしき
みなからに　つもれるとしを
しるせれは　いつゝのむつに
なりにけり　これにそはれる
わたくしの　おいのかすさへ
やよけれは　みはいやしくて

としたかき　ことのくるしさ
かくしつゝ　なからのはしの
なからへて　なにはのうらに
たつなみの　なみのしわにや
おほゝれん　さすかにいのち
おしけれは　こしのくになる
しらやまの　かしらはしろく
なりぬとも　おとはのたきの
おとにきく　おいすしなすの
くすりもか　きみかやちよを

すゑへはへらん
1004 きみかよにあふさかやまのいはしみつ
こかくれたりとおもひけるかな
1005 ふゆのなかうた　凡河内躬恒
ちはやふる　かみな月とや
けさよりは　くもりもあへす
うちしくれ　もみちとゝもに
ふるさとの　よしのゝ山の
山あらしも　さむくひことに
なりゆけは　たまのをとけて
こきちらし　あられみたれて
しもこほり　いやかたまれる
にはのおもに　むらむらみゆる
ふゆくさの　うへにふりしく
しらゆきの　つもりつもりて
あらたまの　としをあまたも
すくしつるかな
七条のきさきうせたまひにけるのち
よみける　いせ

1006

おきつなみ　あれのみまさる
宮のうちは　としへてすみし
いせのあまも　ふねなかしたる
心ちして　よらむかたなく
かなしきに　なみたのいろの
くれなゐは　われらかなかの
しくれにて　あきのもみちと
ひとひとは　おのかちりちり
わかれなは　たのむかけなく
なりはてて　とまるものとは
はなすすき　きみなきにはに
むれたちて　そらをまねかは
はつかりの　なきわたりつつ
よそにこそみめ

旋頭哥

1007

題しらす　　よみ人しらす

うちわたす　をちかたひとに　ものまうす　われ
そのそこに　しろくさけるは　なにのはなそも

1008

返し

春されは　のへにまつさく　みれとあかぬ
はなまひなしに　たたなのるへき

花のなゝれや
題しらす

1009
はつせ川ふるかはのへにふたもとある
すきとしをへてまたもあひみむふたもと
あるすき

1010
つらゆき
きみかさすみかさの山のもみちはのいろ
神な月しくれのあめのそめるなりけり

誹諧歌
題しらす　よみ人しらす

1011
梅花見にこそきつれうくひすの
ひとくひとくといとひしもをる

1012
そせいほうし
山吹の花色衣ぬしやたれ
とへとこたへすくちなしにして

1013
ふちはらのとしゆきの朝臣
いくはくの田をつくれはか郭公
しての田をさをあさなあさなよふ

1014
七月六日たなはたの心を
よみける　藤原かねすけの朝臣
いつしかとまたくこゝろをはきにあけて
あまのかはらをけふやわたらむ

1015
題しらす　凡河内躬恒
むつこともまたつきなくにあけぬめり
いつらはあきのなかしてふよは　紀有

1016
僧正遍昭
あきのゝになまめきたてるをみなへし
あなかしかまし花もひとゝき

1017
読人不知
あきくれはのへにたはるゝをみなへし
いつれの人かつまてみるへき

1018
あききりのはれてくもれはをみなへし
花のすかたそみえかくれする

1019
花とみておらむとすれはをみなへし
うたゝあるさまのなにこそありけれ

1020
寛平御時きさいの宮の歌合のうた
ありはらのむねやな
あきかせにほころひぬらしふちはかま
つゝりさせてふきり〳〵すなく

あすはるたゝむとしける日となりの
いへのかたよりかせのゆきを
ふきこしけるをみてそのとなりへ
よみてつかはしける
きよはらのふかやふ

1021　1022　1023　1024　1025　1026　1027　1028　1029

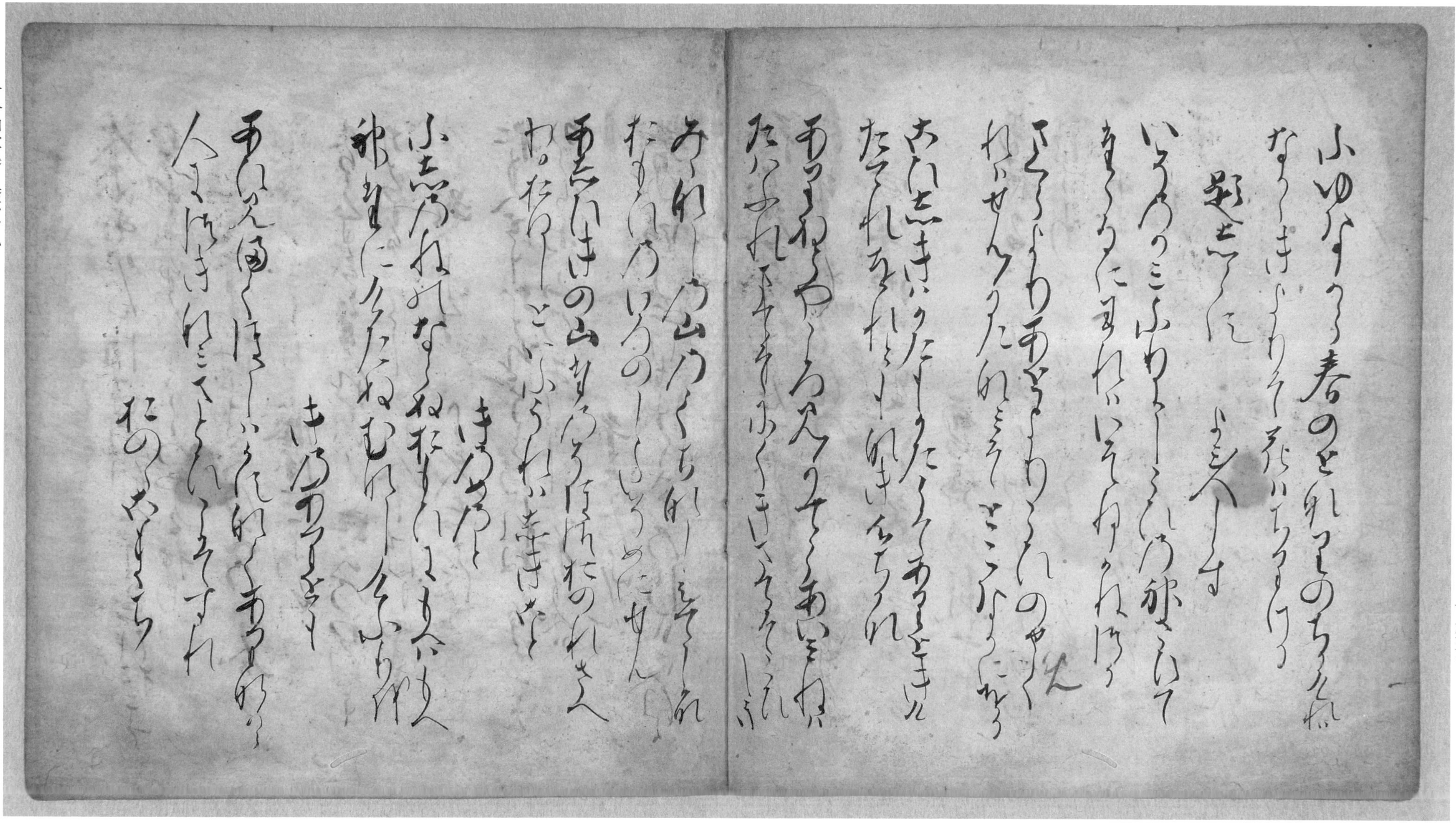

ふゆなから春のとなりのちかけれは
なかゝきよりそ花はちりける
題しらす　よみ人しらす
いそのかみふりにしこひのかみさひて
たゝるにわれはいそねかねつる
まくらよりあとよりこひのせめくれは
せむかたなみそとこなかにをる
こひしきかゝたもゝたこそありときけ
たてれをれともなき心ちかな
ありぬやとこゝろみかてらあひみねは
たはふれにくきまてそこひしき
みゝなしの山のくちなしえてしかな
おもひのいろのしたそめにせむ
あしひきの山たのそほつおのれさへ
われをほしてふうれはしきこと
ふしのねのならぬおもひにもえはもえ
かみたにけたぬむなしけふりを
きのめのと
あひみまくほしはかすなくありなから
人につきなみまとひこそすれ
きのありとも

下九三ウ　下九四オ

1030 人にあはん月のなきにはおもひおきて
むねはしりひにこゝろやけをり

寛平御時きさいの宮の哥合のうた
藤原おきかせ

1031 春かすみたなひく野への若なにも
なりみてしかな人もつむやと

よみ人しらす

1032 おもへとも猶うとまれぬ春かすみ
かゝらぬ山もあらしとおもへは

平さたふん

1033 春の野のしけき草はのつまこひに
とひたつきしのほろゝとそなく

きのよし人

1034 秋の野につまなきしかのとしをへて
なそわかこひのかひよとそなく

みつね

1035 せみのはのひとへにうすき夏衣
なれはよりなんものにやはあらぬ

たゝみね

1036 かくれぬのしたよりおふるねぬなはの
ねぬなはたてしくるないとひそ

よみ人しらす

1037 ことならはおもはすとやはいひはてぬ
なそ世中のたまたすきなる

1038 おもふてふ人のこゝろのくまことに
たちかくれつゝみるよしもかな

1039 おもへともおもはすとのみいふなれは
いなやおもはしおもふかひなし

1040 我をのみおもふといはゝあるへきを
いてや心はおほぬさにして

1041 我をおもふ人をおもはぬむくいにや
我おもふ人の我をおもはぬ

ふかやふ　イ本

1042 おもひけん人をそともにおもはまし
まさしやむくいなかりけりやは

よみ人しらす　イ本

1043 いてゝゆかむ人をとゝめむよしなきに
となりのかたにはなもひぬかな

1044 くれなゐにそめし心もたのまれす
人をあくにはうつるてふなり

1045 いとはるゝわか身ははるのこまなれや
のかひかてらにはなちすてつる

1046 うくひすのこそのやとりのふるすとや
我には人のつれなかるらむ

1047 さかしらになつは人まねさゝのはの
さやくしもよをわかひとりぬる

1048

平中興

あふことのいまははつかになりぬれは
よふかゝらては月なかりけり

1049

左のおほいまうちきみ

もろこしのよしのゝ山にこもるとも
おくれむとおもふわれならなくに

1050

なかき

雲はれぬあさまの山のあさましや
人の心をみてこそやまめ

1051

いせ

なにはなるなからのはしもつくるなり
いまはわか身をなにゝたとへん

1052

よみ人しらす

まめなれとなにそはよけくかるかやの
みたれてあれとあしけくもなし

1053

おきかせ

なにかそのなのたつことのおしからん
しりてまとふはわれひとりかは

1054

いとこなりけるおとこによそへて人の
いひけれは

くそ　酒井人真女

よそなからわか身にいとのよるといへは
たゝいつはりにすくはかりなり

1055

題しらす

さぬき　安部清行女

ねきことをさのみきゝけんやしろこそ

はてはなげきのもりとなるらめ

1056 大輔　源たすくの女
なげきこる山としたかくなりぬれば
つらづゑのみぞまづつかれける

1057 よみ人しらず
なげきをばこりのみつみてあしひきの
やまのかひなくなりぬべらなり

1058 人こふることをおもにとになひもて
あふごなきこそわびしかりけれ

1059 よひのまにいでていりぬるみかづきの
われてものおもふころにもあるかな

1060 そゑにとてとすればかかりかくすれば
あないひしらずあふさきるさに

1061 よのなかのうきたびごとに身をなげば
ふかきたにこそあさくなりなめ

1062 在原もとかた
よのなかはいかにくるしとおもふらむ
ここらの人にうらみらるれば

1063 よみ人しらず
なにをして身のいたづらにおいぬらむ
としのおもはむことぞやさしき

1064 おきかぜ
身はすてつこころをだにもはふらさじ
つひにはいかがなるとしるべく

1065

ちさと

しらゆきのともにわかみはふりぬれと
こゝろはきえぬものにそありける

1066

題しらす　よみ人しらす

むめのはなさきてのゝちのみなれはや
すきものとのみ人のいふらん

法皇にしかはにおはしましたりける日
さるやまのかひにさけ
ふといふことを題にてよませ給
ける

1067

三つね

わひしらにましらなゝきそあしひきの
やまのかひあるけふにやはあらぬ

1068

題しらす　よみ人しらす

よをいとひこのもとことにたちよりて
うつふしそめのあさのきぬなり

古今和歌集巻第廿

大歌所御歌

おほなほひのうた

1069
あたらしき年のはしめにかくしこそ
ちとせをかねてたのしきをつめ

日本紀にはつかへまつらめよろつよまてに

ふるきやまとまひのうた

1070
しもとゆふかつらき山にふる雪の
まなくときなくおもほゆるかな

あふみふり

1071
あふみよりあさたちくれはうねのゝに
たつそなくなるあけぬこのよは

みつくきふり

1072
みつくきのをかのやかたにいもとあれと
ねてのあさけのしものふりはも

しはつ山ふり

1073
しはつ山うちいてゝみれはかさゆひの
しまこきかくるたなゝしをふね

神あそひのうた

とりものゝうた

1074 神かきのみむろの山のさかきはゝ
かみのみまへにしけりあひにけり

1075 しもやたひおけとかれせぬさかきはの
たちさかゆへき神のきねかも

1076 まきもくのあなしの山の山人と
人もみるかに山かつらせよ

1077 みやまにはあられふるらしとやまなる
まさきのかつらいろつきにけり

1078 みちのくのあたちのまゆみわかひかは
すゑさへよりこしのひ／＼に

1079 わかゝとのいたゐのしみつさとゝをみ
人しくまねはみくさおひにけり

ひるめのうた

1080 さゝのくまひのくま河にこまとめて
しはしみつかへかけをたにみん

かへしものゝうた

1081 あをやきをかたいとによりて鶯の
ぬふてふかさはむめのはなかさ

1082 まかねふくきひのなか山おひにせる
ほそたにかはのをとのさやけさ
この歌は承和の御へのきひのくにの
うた

1083 みまさかやくめのさらやまさら／＼に

わかなはたてしよろつよまてに
これはみつのをの御へのみまさかのくにのうた

1084 みのゝくにせきのふちかはたえすして
きみにつかへむよろつよまてに
これは元慶の御へのみのゝうた

1085 きみかよはかきりもあらしなかはまの
まさこのかすはよみつくすとも
これは仁和の御へのいせのくにのうた

おほとものくろぬし
1086 あふみのやかゝみの山をたてたれは
かねてそみゆるきみかちとせは
これは今上の御へのあふみのうた

東歌
みちのくうた
1087 あふくまにきりたちくもりあけぬとも
きみをはやらしまてはすへなし
1088 みちのくはいつくはあれとしほかまの
うらこくふねのつなてかなしも
1089 わかせこをみやこにやりてしほかまの
まかきのしまのまつそこひしき
1090 をくろさきみつのこしまの人ならは

みやこのつとにいさといはましを

1091 みさふらひみかさと申せみやきのゝ
このしたつゆはあめにまされり

1092 もかみかはのほれはくたるいなふねの
いなにはあらすこの月はかり

1093 君をおきてあたし心をわかもたは
すゑのまつ山なみもこえなん

さかみうた

1094 こよろきのいそたちならしいそなつむ
めさしぬらすなおきにをれなみ

ひたちうた

1095 つくはねのこのもかのもにかけはあれと
きみかみかけにますかけはなし

1096 つくはねのみねのもみちはおちつもり
しるもしらぬもなへてかなしも

かひうた

1097 かひかねをさやにも見しかけゝれなく
よこほりふせるさやの中山

1098 かひかねをねこし山こしふく風を
人にもかもやことつてやらん

いせうた

1099 をふのうらにかたえさしおほひなるなしの
なりもならすもねてかたらはん

1100

冬の賀茂のまつりのうた

藤原敏行朝臣

ちはやふるかものやしろのひめこまつ
よろつよふともいろはかはらし

家々称証本之本乍書入以墨滅歌今別書之

巻第十　物名部

1101

ひくらし　貫之

そま人は宮木ひくらしあしひきの
やまのやまひこよひとよむなり

郭公下　空蝉上

1102

勝臣

かけりてもなにをかたまのきてもみむ
からはほのほとなりにしものを

をかたまの木　友則下

1103
くれのおも　貫之
こしときとこひつゝをれはゆふくれの
おもかけにのみみえわたるかな

1104
忠岑　利貞下
おきのゐ　宮こしま
おきのゐてみをやくよりもかなしきは
宮こしまへのわかれなりけり

からこと　清行下
そめとの　あはた　あやもち

1105
うきめをはよそめとのみそのかれゆく
くものあはたつ山のふもとに
このうたは水のおのみかとのそめとのより
あはたへうつりたまうける時によめる
桂宮下

巻第十一

1106
けふ人をこふる心はおほゐ河
なかるゝ水におとらさりけり

1107
わきもこにあふさか山のしのすゝき
ほにはいてすもこひわたるかな

二首　奥山のすかのねしのきのゆく下

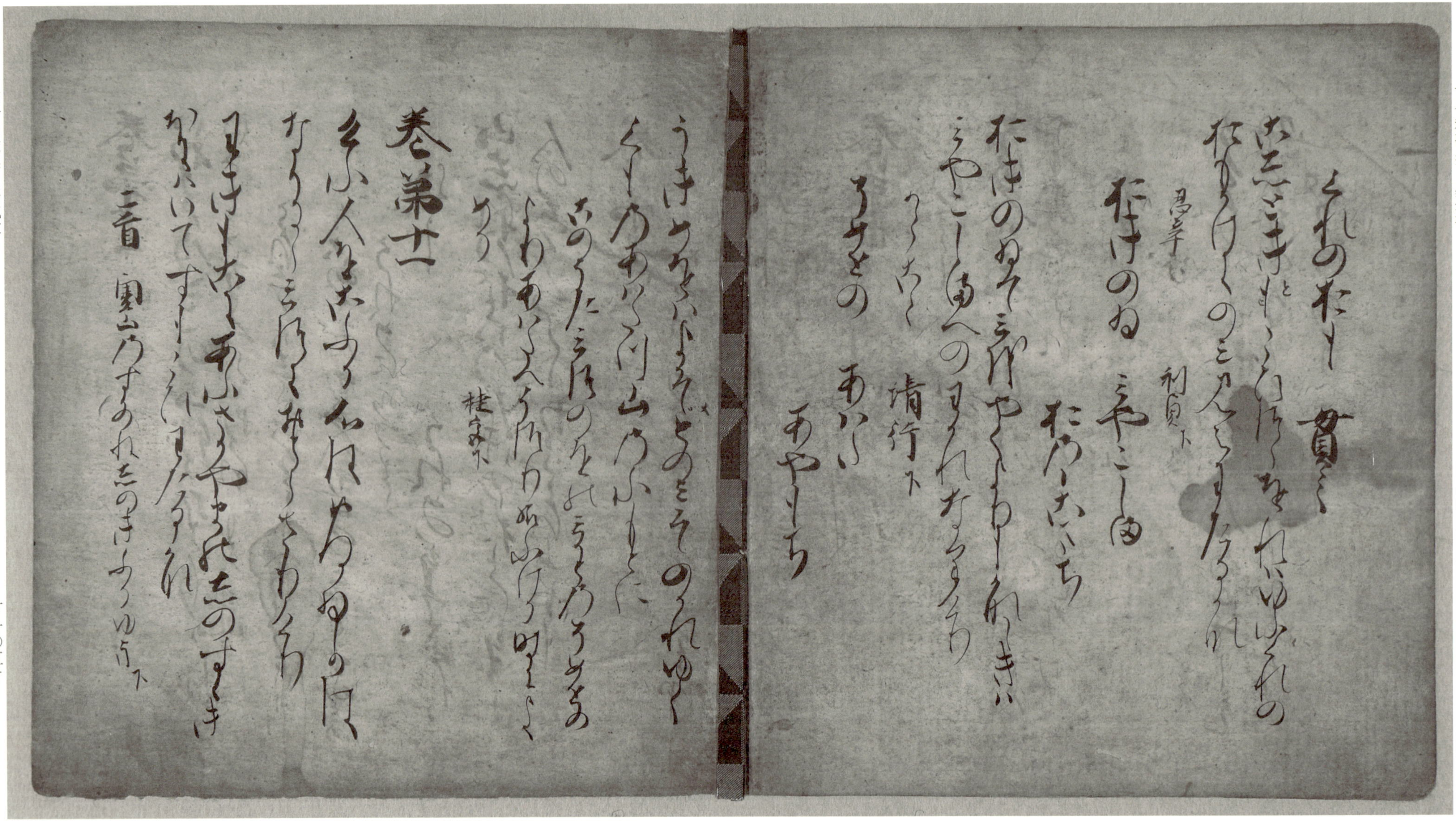

1108

巻第十一

いぬかみのとこの山なるなとりのいさとこたへよわか名もらすな

このうたはある人あめのみかとのあふみのうねめにたまへると

返し　うねめのたてまつれる

1109

山しなのおとはのたきのおとにのみ人のしるへくわかこひめやも

巻第十四

そとほりひめのひとりゐてみかとをこひたてまつりて

1110

わかせこかくへきよひなりささかにのくものふるまひかねてしるしも

[illegible]

1111

賀

みちしらはつみにもゆかむすみのえのきしにおふてふこひわすれくさ

深養父　こひしとはたかなつけけむことならむしぬとそたたにいふへかりける

[illegible]

遊紙

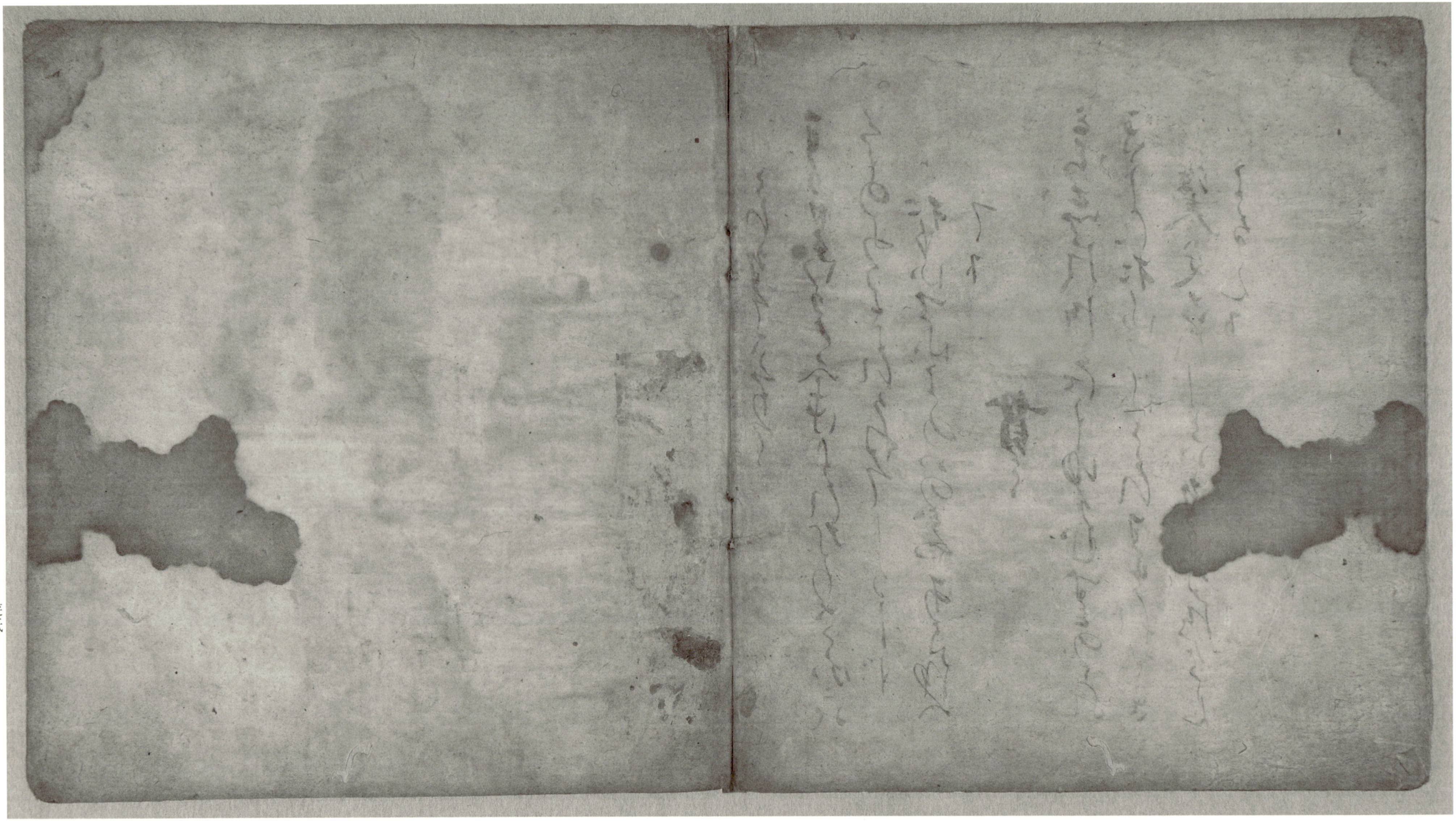

下一〇六ウ

遊紙

遊紙

遊紙

遊紙

見返し

遊紙

古今和歌集　下

裏表紙

本文影印補遺

〈上巻〉

春歌上 16

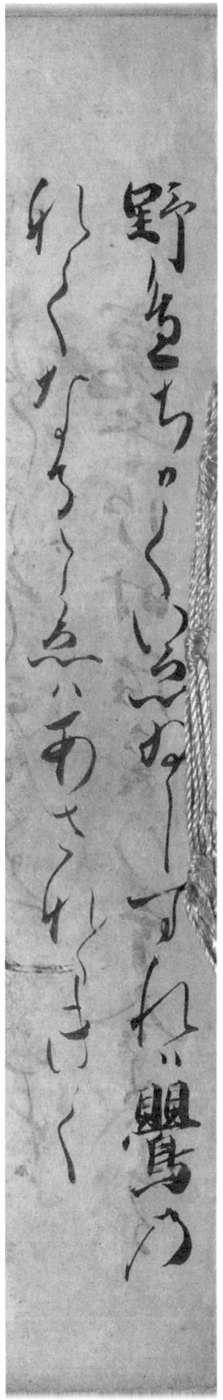

上28オ（30頁）

秋歌下 277

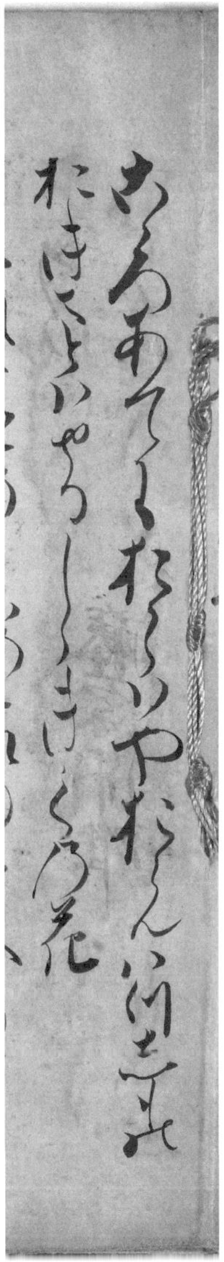

上71オ（73頁）

〈下巻〉

恋歌四 688

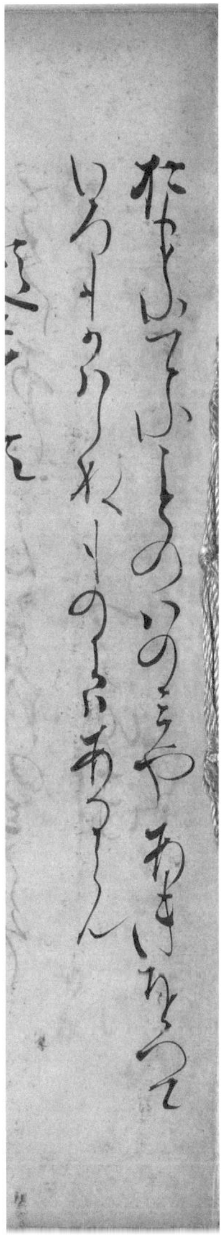

下29オ（146頁）

雑歌下 962

下75オ（192頁）

甲南女子大学図書館蔵本『伝慈円筆本　古今和歌集　上（下）』解題

米田明美

本書は甲南女子大学図書館が所蔵する『伝慈円筆本　古今和歌集　上（下）』二帖の解題を記す。巻頭に真名序と仮名序を付し、千百十一首（墨滅歌　十一首を含む）で一首も欠けていない完本である。歌数及び墨滅歌を巻末にまとめているというスタイル等から、広く一般に流布している定家本系であると言える。書写年代は鎌倉初中期（一二二〇～一二四〇）と鑑定され、定家自筆本ではないものの、定家存命（一一六二～一二四一）中の書写と考えられる。藤原定家は、自らの日記『明月記』の記録や『古今和歌集』伝本の奥書の記述などから、生涯十七回以上『古今和歌集』を書写したことが判明している。書写を重ねながら、所謂「定家本　古今和歌集」を形成していったと考えられるが、現在伝わる定家自筆本は二本（伊達家旧蔵本・嘉禄二年四月本（冷泉家本）注参照）だけで、どちらも定家六十二～五歳ごろの書写と考えられている。

該本の親本は、その書写年代から、定家自筆本かあるいは定家自筆本からさほど書写を重ねていないと考えられ、初期の定家本と言うことになる。初期の定家本の古写本は現在伝存しておらず、定家本成立の手がかりとなる重要な資料と言えよう。

『古今和歌集』の写本では、定家本は多数存在するので、今回は特に甲南女子大学本と称する。以下の通りの順で解説して行きたい。

一、伝来と書誌
二、甲南女子大学本の特徴
　ア、墨滅歌
　イ、真名序・仮名序
　ウ、書写態度
　エ、巻十九の巻名
　オ、勘物
三、定家本の中の位置――独自本文
　ア、定家本間での該本の位置（巻一～二〇）
　イ、該本と平安鎌倉古写本との異同（巻一～六）
　ウ、該本の独自本文
四、まとめ

（注）
・伊達家旧蔵本…伊達家に伝わったので、「伊達家本（伊達家旧蔵本）」と称する（重要文化財）。現在個人蔵。片桐洋一氏説によると貞応二（一二二三）年七月本と嘉禄二（一二二六）年四月本の間に書写されたか。久曾神昇氏は、嘉禄三（一二二七）年閏三月の書写本とする。
・嘉禄二年四月本（冷泉家本）…嘉禄二年四月に定家が書写した本（国宝）。冷泉家時雨亭文庫蔵。

一、伝来と書誌

該本（甲南女子大学本）は、本大学図書館に残された売買記録からすると、昭和五十七（一九八二）年頃、東京神田神保町の古書店から購入され、本大学図書館の所蔵するところとなった。本学の学内誌『図書館報』などにも本書の購入に関する説明はなく、購入の責任者や経緯などは一切不明である。当時本学に在職なさっていた国文学科（現日本語日本文化学科）の先生方の専門などを考慮すると、おそらく本学教授故中村忠行先生のご指示によるものかと推察されるが、憶測の域を出ない。

該本は、上下二帖とも縦一五・九糎、横一四・六糎の枡形本。列帖装。料紙は鳥の子（斐紙）。表紙は藍色雲鳥花宝尽くし模様の緞子地で、江戸時代に付け替えられた後補表紙。外題は藍色の雲紙の題簽で、左上隅に『古今和歌集　上』『古今和歌集　下』とあり、室町時代のものと考えられる。外題の題簽は、室町時代に付けられた表紙の一部であったか。表紙は、少なくとも二度替えられているか。見返しは、金銀箔の野毛散らし。鎌倉期の当初のものか。

上下二帖に分かたれ、真名序仮名序は一面八行書き。特に真名序が仮名序に先行し、冒頭に位置する珍しい形である。和歌部分は歌二行書きで一面十一行書き。定家本『古今和歌集』伝本の中、嘉禄二年四月本（冷泉家本）・伊達家旧蔵本の定家自筆本は、全一帖で和歌一行書きである。また自筆本ではないものの、定家が貞応二年の六十二歳に書写した本の転写本の系統も、すべて全一帖・和歌一行書きである。晩年の定家本は、和歌一行書きという形であったことが知られる。

ところが近世の書写ではあるものの、初期の定家本の転写本である関西大学図書館蔵本――建保五（一二一七）年奥書本系は、上下二帖で和歌二行書きという平安時代後期書写の特徴を伝えている[1]ことなど考え併せると、初期の定家本は、和歌二行書きで二帖に分かたれていた可能性が強い。該本もその特徴をもつものと言えよう。

該本の書誌を記す。

『古今和歌集　上』は、十括り。巻頭に一丁、巻末に二丁の遊紙。第十括りめの最後の一丁は、裏表紙と見返しの間。墨付は一〇九丁。

『古今和歌集　下』は十括り。巻頭に一丁、巻末に三丁半の遊紙。第一括りの最初の一丁は、表紙と見返しの間に挟み、第十括りめの最後の一丁は、表紙と見返しの間に挟み込んである。墨付は一〇六丁。

他に正筆書と極札が各一枚、計二枚付く。

正筆書（4頁参照）

上帖の見返しの次、遊紙右端に貼り付け

「六半本古今集全二冊　外題は
慈鎮和尚真蹟　和歌所堯孝法印」

極札（次頁参照）

古筆了延（七代目）　表「慈鎮和尚　古今和歌集全部　年乃うちに　二冊　琴山」

裏「古和謌者　や万と哥ハ　六半本　乙卯十二　了延」

正筆書を記した鑑定者は不明であるが、藍色の雲形模様入りの美しい小片であり、おそらく江戸時代のものであろう。外題の筆者とする堯孝（ぎょうこう）は、明徳二（一三九一）年生まれで頓阿の曽孫、法印権大僧正に至る。足利義教の信任厚く、『新続古今和歌集』の和歌所に推挙されている。該本の題簽（上帖-1頁、下帖-116頁参照）は藍色の雲紙で、室町時代によく用いられた表紙の特徴を表しており、その表紙の外題部分を切り取り題簽としたものと考えられる。おそらく書写当初の原表紙が磨耗汚れなどし、室町時代に付け替えられたと考えられる。そしてさらに江戸時代になって、もう一度今の緞子の布の表紙に改装され、室町時代の表紙の一部を題簽に使用したので

極札包み

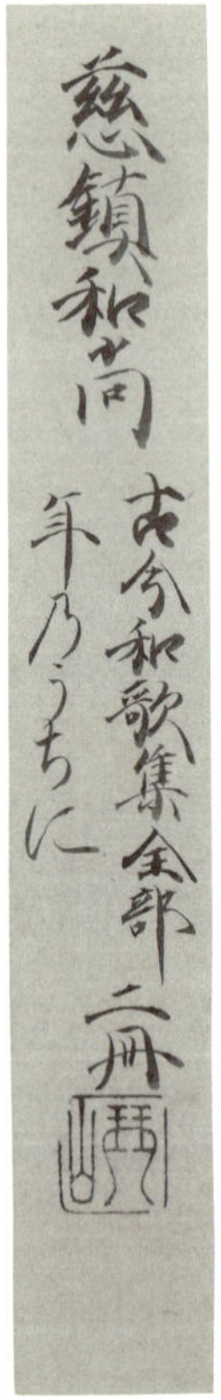

極札（表）

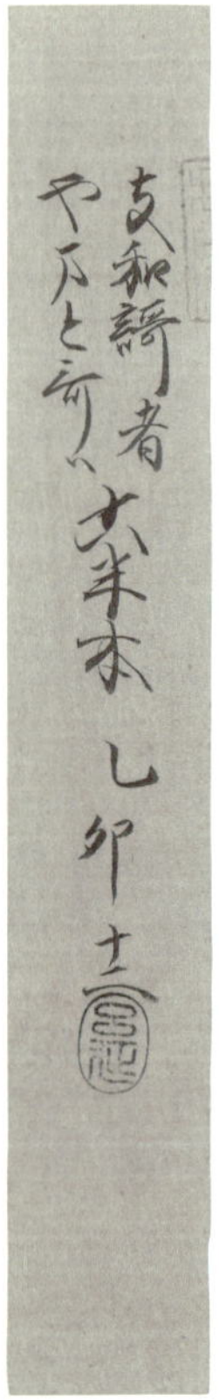

極札（裏）

あろう。正筆書は、該本の題簽つまり室町時代に付け替えられた表紙の外題の筆者を、堯孝であると極めているのだが、それか正しく堯孝の手になるかは、判断し難しい。

極札は、古筆七代目了延（一七〇四～一七七四）の極めたもので、「乙卯十二」は享保二十（一七三五）年十二月である。伝承筆者の「慈鎮」は慈円のことで、慈鎮は諡号である。平安時代末期から鎌倉時代初期の僧であり、藤原忠通の子で、天台座主を四度勤めている。『新古今和歌集』を代表する歌人で、家集『拾玉集』、史論書『愚管抄』などがある。

外箱

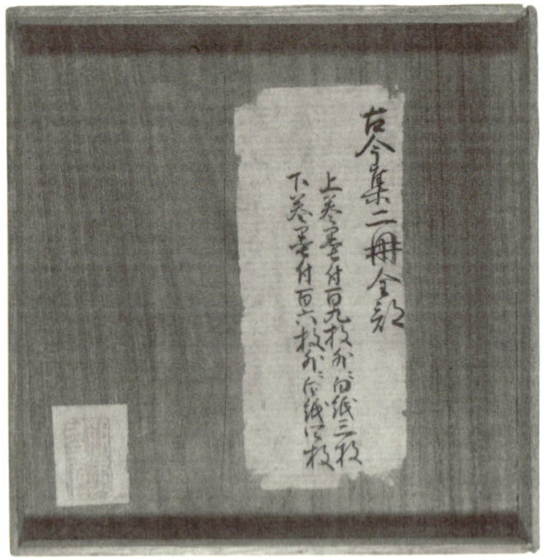

外箱の裏

外箱は桐箱で、箱上面に「古今集　慈鎮筆」と墨書き、側面に「慈鎮古今集」と記された紙片を貼る。上蓋裏中央に「古今集二冊全歌　上巻墨付百九枚外白紙三枚　下巻墨付百六枚外白紙四枚」と記された紙片を貼る。同じく箱上蓋裏左下に蔵書印と思われる「明雲／友石」の押された紙片を貼る。伝来を記す唯一の手がかりなのであるが、残念ながら未だこの印の持ち主を見出し得ていない。

田中登氏によると、書写年代については次のとおりである。

・筆者について古筆家第七代の古筆了延の極札に慈鎮（慈円、慈鎮は諡号）とあるが、彼の筆跡は和歌懐紙が伝存するが、それと比較して該本は必ずしも同筆とはいえない。しかしその書風は慈円風であり、慈円よりやや後代の人が、慈円の書風に習って書いたものと思われる。

・一首の和歌を二行で書く際、五七五で一行、七七で一行と、上句・下句をはっきりと一行ずつ書き分けるのは定家以後に定着した書き方であるが、該本では、四句目の七が一行目にきていたり、三句目の五が二行目に回ったりと一定しておらず、この書式は、鎌倉中期以前の古い形を示している。

以上、書風と書式から、甲南女子大学本は、およそ鎌倉の初期から中期頃（一二二〇～一二四〇）の間に書写されたものと鑑定された。

二、甲南女子大学本の特徴

ア、墨滅歌

該本は、巻末に墨滅歌十一首がまとめて置かれている。藤原定家の父俊成が墨滅歌を『古今和歌集』の配列の各位置に置いていたのを、定家が巻末にまとめたためであって、定家本の特徴と言える。

藤原定家は、その生涯に幾度となく『古今和歌集』を書写したことが判明しており、自らの日記『明月記』や『古今和歌集』伝本の奥書などから、少なくとも十七回は認められる。[1] その内定家自筆本は、伊達家旧蔵本・嘉禄二年四月本（冷泉家本）が存する。それ以外に自筆本ではないが、定家が貞応二年に書写した本の転写本があり、二条家の証本として広く流布した本である。この貞応二年本系統は多数存するが、その中でも貞応二年七月に定家が書写したものを、定家の孫覚尊法印が書写し、定家の息子為家（覚尊法印の父）が校合し加証した、定家自筆本の忠実な書写本が冷泉家時雨亭文庫にある。さらに近年見出された、関西大学図書館蔵の『古今和歌集』は、室町時代後期の書写であるが、建保五年に定家が書写した本の転写本であることが、奥書により判明している。近世の書写ではあるが、初期の定家本の特徴を伝えていると証されている。[2]

これらの定家本を整理すると、

①関西大学図書館蔵（建保五年奥書）本

定家が建保五（一二一七）年二月に書写した本の転写本、建保五年は定家五十六歳。

②貞応二年七月本

定家が貞応二（一二二三）年七月に書写した本の転写本、貞応二年は定家六十二歳。[3]

③伊達家旧蔵本（定家自筆本）

貞応二年七月から嘉禄二（一二二六）年頃の間に書写か、定家六十二～四歳。[4]

④冷泉家本（定家自筆本）

嘉禄二年四月九日書写、定家六十五歳。[5]

となる。これ以外に奥書等の記録から、承元三（一二〇九）年六月十九日書写本・建保（一二一四）年秋書写本・貞応元（一二二二）年六月一日書写本・貞応元年六月十日書写本・貞応元年九月二十二日書写本・貞応元年十一月二十日書写本・嘉禄二年三月十五日書写本・嘉禄二年閏三月十二日書写本・嘉禎元（一二三五）年十一月書写本・嘉禎二年七月書写本・嘉禎三年正月二十三日書写本・嘉禎三年八月十五日書写本・嘉禎三年十月二十八日書写本などが判明している。[6] これらの書写本は、一部近世の写本として伝わっているものもある。

①～④中で近年見出された関西大学図書館（建保五年奥書）本①は、巻末に墨滅歌はなく、そのうちの一首だけが、巻十四の698歌の次に置かれている。つまり、初期の定家本では、まだ巻末にまとめられていなかったと考えられるのである。この本の特徴については、片桐洋一氏の論文に詳しい。[7]

それに対して該本は、他の定家本②③④と同様に巻末に墨滅歌としてまとめられているが、②③④が巻末の1100歌の後白紙数枚間に置き墨滅歌を記しているのに対し、1100歌のすぐ次紙に記している。加えて　部詞書の位置が②③④の定家本とは異なっている。墨滅歌部の後半の五首であるが、

巻第十一

1106 けふ人をこふる心はおほゐかは
なかるゝみつにおとらさりけり

1107 わきもこにあふさかやまのしのすゝき
ほにはいてすもこひわたるかな

二首　奥山のすかのねしのきふるゆき下
巻第十三
1108 いぬかみのとこの山なるなとりかは
いさとこたへよわかなもらすな
こひしくはしたにを、もへむらさきの下
このうたある人あめのみかとあふみの
うねめに給へると
返し　　うねめのたてまつれる
1109 山しなのおとはのたきのおとにたに
人のしるへくわかこひめやも
巻第十四
そとほりひめのひとりゐてみかとを
こひたてまつりて
1110 わかせこかくへきよひなりさゝかにの
くものふるまひかねてしるしも
おもふてふことのはのみやあきをへ
て下
貫之
1111 みちしらはつみにもゆかむすみのえの
きしにおふてふこひわすれくさ
深養父こひしとはたかなつけゝむ
ことならむ下

とある。②③④の定家本は、1106の歌の前に「奥山のすかのねしのきふるゆき下」と詞書のように置いているが、該本は右に示した通り左注のように歌の後にある。以下②③④の定家本は、「こひしくはしたにを、も……」は1108歌の前、「おもふてふことの……」は1110歌の詞書の前、「深養父こひしとはたかなつけゝむ…」は1111歌の詠者名「貫之」の前と、すべて歌の前に置く。実はこの書き方であるが、②③④の定家本の1101から1105歌まではこの墨滅歌の元の位置を示す詞は、歌の後にあり、1106歌から歌の前に置いているのである。それに対し該本は1101歌から1111歌まで一貫して、歌の後に左注のように置いている。この移動をどう考えればよいか今判断する他の資料を持ち合わせていないが、該本の書写者が書き改めたとするのか、該本の親本も同様だったととらえて、②③④定家本の形となる前の段階を示しているのか、今後も検討を重ねていきたい。

イ、真名序・仮名序

該本の大きな特徴として、真名序と仮名序を具備していることが挙げられる。特にその真名序が冒頭に位置しているのは、他本にはあまり見られないものと言えよう。

『古今和歌集』は、我国最初の勅撰和歌集である故、編纂された当初から多くの書写が重ねられてきた。古筆切などもふくめ、平安書写の『古今和歌集』は三十余りを数えることができるが、二十巻完全に揃っている平安書写の完本は、元永本（東京国立博物館蔵）と伝藤原公任筆本の二本のみである。元永本は、元永三年（一一二〇）の年記を持ち、現存の完本としては最古であるが、仮名序のみを有する。[8] 伝藤原公任筆本は、近年出現したもので、複製本が出版されている。[9] これも平安書写と考えられるが、真名序・仮名序ともにない。また後世流布した定家本をみても、定家自筆本③④には、仮名序は冒頭にあるものの、真名序はない。後世流布本となった定家本の転写本②

は、冒頭に仮名序があり、真名序は巻末に付く。以上からも、該本は完本として真名序仮名序を巻頭に具備する最古級の古写本と言えるであろう。

ただ勅撰和歌集として、最終的に醍醐天皇のもとに奏上された『古今和歌集』が、この両序を備えていたかどうかは定かではない。藤原清輔の『袋草紙』に「古今の証本、陽明門院御本貫之自筆　これ延喜の御本の相伝なり。……焼失すと云々。この本序なし。小野皇太后宮御本貫之自筆。仮名序ありと云々。宮において焼失すと云々。……(10)」と、醍醐天皇奏覧本である陽明門院の所持した貫之自筆本『古今和歌集』には序がなく、小野皇太后宮の所持する貫之自筆本の方は仮名序があったという記述がある。また現存する古写本のほとんどが、真名序が省かれていたり、「序」と称するものの②のように末尾に置かれていたりすることを鑑みると、真名序は作成されたものの総覧本には置かれず省かれた可能性があるとも考えられよう。とすると、該本の親本に両序が付随していたかどうかは確定できず、該本の書写者が、別の本等に写されていた真名序を書写し、その後に仮名序・和歌を続けて書写し一本とした可能性もなくはないのである。真名序仮名序は一面八行書きで、和歌の十一行書きよりはやや大きな書体で書かれているが、別筆と判断するよりも同筆と考える方が自然である。真名序の写しとしては、筋切(11)などを含め最古の部類に入り、今後真名序執筆当初の姿を求めるべく、該本の登場はその研究に大いに寄与することになるであろう(12)。

この中で、該本の各序文の書写の特徴と各々記されている総覧日(13)について示しておく。

まず上帖の表紙・見返し・遊紙（表・裏）の次左から、真名序が始まり、

古今和歌集序
夫和謌者託其根於心地發其
花於詞林者也人之在世不能無
為思慮易遷哀楽相變感生
於志詠彰（形イ）於言是以逸者其嶽（詞イ）
楽怨者其吟悲可以述懐可以發
憤（攢※）動天地感鬼神化人倫和夫婦
莫宜於和謌ゝゝ有六義一曰風

と、行間に「イ」とする異本注記と朱筆の合点（※）が入る。真名序の執筆者とされる「紀淑望」の名はない。

墨付き五丁裏に有する最後の日付は、

歳次乙丑四月十五（八イ※）日臣貫之等謹序

とし、朱筆の異本注記で「十八日」を記している。この「四月十五日」は、筋切や現在一般的に流布している定家本の貞応二年七月本系②（真名序は巻末に置く）と同じである。

その後六丁表から仮名序が書写され、

やまと哥は人のこゝろをたねと
してよろつのことのはとそなれ
りける世中にある人ことわさし
けきものなれはこゝろに思ふことを
みるものきくものにつけていひ
いたせるなり花になくうくひす
水にすむかはつのこゑをきけは
いきとしいけるものいつれか哥を

と続く。和歌は別行とし、古注はやや小さい字で二行書きである。二十四丁表までであるが、記されている日付は

二十一丁裏三行目から、

いにしへのことをもわすれしふり
にしことをもおこし給ふとていまも
みそなはしのちのよにもつたは
れとて延喜五年四月十一（八）日に大内記
きのとものり御書所のあつかり
紀貫之前の甲斐の小目凡河内躬

と「十一日」と明記され、右横に「八」を書き入れている。この「十一」であるが他本には見い出せない。確かに「十一」と見え、ミセケチ印はなくまた異本注記を示す「イ」印もない。「四月十八日」の方は、筋切・元永本を含め流布本ほぼ共通している。

ウ、書写態度

該本は、慈円風の書体で丁寧に書かれている。ミセケチ印を付し訂正を書き加えた箇所はあるものの、その数は非常に少なく、また歌の誤脱などはない。定家自筆本の伊達家旧蔵本③や冷泉家本④などには、どれも数首歌の書き入れがあり小さい字で補筆されている箇所があるが、該本にはそういう箇所はない。注意深く丁寧に書写したと思われる。ただ、書写者か後人か判断できないが、数種の校合跡があり、それらについて解説しておく。

・朱筆の書き入れ

朱筆の書き入れは真名序に二十二箇所、本文に一箇所（135歌）だけみられる。その中には、「イ」と示し異本注記を示している箇所、合点を書き入れた箇所などがある。真名序には墨の書き入れ（異本注記）もある。

・カタカナ・平仮名の書き入れ

大江千里
14 うくひすのたにより いつるこゑなくは
春くることをたれか（イカテ）しらまし

巻一（春上）の14歌、大江千里の歌であるが、「たれかしらまし」の横に「イカテ」と傍記あり、他本との校合の結果異同として「いかてしらまし」を示していると考えられる。この「いかてしらまし」は筋切、元永本の本文にある。他のカタカナの傍記も概して古写本の表現を伝えている箇所が多く、平安書写本との異同箇所を示している可能性があろう。

同じく巻一には次のようにある。

梅の花をゝりてよめる
東三条左おほいまうちきみ
36 うくひすのかさにぬふて（といイ）ふむめのはな
おりてかさゝむおいかくるやと

該本は二句「かさにぬふてふ」であるが、横に「イ」とし「かさにぬふといふ」を記している。貞応二（一二二三）年七月本②は「ぬふてふ」であり、定家自筆本である冷泉家本④・伊達家旧蔵本③は「ぬふといふ」であり、同じ定家本でも分かれるところであるが、どちらにしても他本との校合を示している。本文とよく似た筆跡なので、書写者による校合のようにも見えるが、断定できない。

次に巻二（春下部）81歌の詞書に、

東宮雅（閑）院にてさくらの花のみかは

みつにちりてなかれけるを見て
よめる

すかの、高世

81　えたよりもあたにちりにし花なれは
おちてもみつのあはとこそなれ

とある。「東宮雅院」は定家本の表記であるが、該本は、傍記に合点を書き入れ「閑」の字を書き入れている。この「閑」は、基俊本・前田家本などにある。「閑」を持つ伝本と比較し、「閑」の方に合点を入れているのである。

これらのどれも書写者によるのか後人の書入れかは区別がつかず、また平仮名の書き入れとカタカナの書き入れの元の本が同一なのか別の本なのか、校合時の時間差を示しているのかも今のところ判断できない。

・和歌二行書き

該木は、定家自筆本の伊達家旧蔵本③・冷泉家本④や、後流布本となった貞応二年七月本②とは異なり、和歌二行書きである。和歌を一行に書き、全体を一帖にまとめたのは、定家が創始した形と言われているが、近年見出された関西大学図書館蔵の初期の定家本の写し（建保五〈一二一七〉年奥書本）①は、上下二帖に分かたれ、和歌二行書きであった。以上から初期の定家本は和歌二行書きであったと想定され、該本もその形をとどめていると言えよう。加えて該本は、田中登氏が鑑定の基準の一つにされたように、二行書きの和歌の四句目の七が一行目に存する歌が四十四首、同じく三句目の五が一行目に存する歌が二首と多数存し、鎌倉中期以前の古い書写形式を伝えていると言えよう。一例を挙げると、

936　しかりとてそむかれなくにことしあ
れはまつなけかれぬあなうよの中

937　みやこ人いかにと、は、やまたかみはれ
ぬくもゐにわふとこたへよ

など並列して見られる箇所がある。

エ、巻十九の冒頭の巻名

『古今和歌集』巻十九の冒頭の巻名は、①〜④では、

①関西大学図書館蔵（建保五年奥書）本
雑躰　短歌
②貞応二年七月本
雑躰　短哥
③伊達家旧蔵本
雑躰（「哥イ」…朱筆書き入れ）　短哥
④冷泉家本（嘉禄二年四月本）
雑躰哥　短哥

と④は「雑躰哥」であり、定家が「雑躰哥」と校訂し出来上がったとされるが、該本は「雑躰　短哥」と冷泉家本以前の形であることがわかる。

オ、勘物

定家本は、定家の考証である勘物が書き入れられている。該本もそれが見られるが、非常に少ない。冷泉家本④・

伊達家旧蔵本③・貞応二年七月本②と比べても少ない。それが初期の定家本という特徴を示しているのかどうか、断定はできないものの、丁寧な書写態度からすると、或いは親本にも記されていなかった箇所が多かったのではないかと考えられる。

52歌、

そめとの、きさきのおまへに
はなかめにさくらのはなをさ、
せ給へるをみてよめる

さきのおほきおほいまうちきみ

52 としふれはよはひはおひぬしかはあれと
花をしみれはもの思ひもなし

の場合、詞書・詠者名に関し、冷泉家本④・伊達家旧蔵本③・貞応二（一二二三）年七月本②・関西大学本①のそれぞれには詳しい勘物があるが、該本には一切ない。

先述の81歌の詞書「東宮雅院」には、冷泉家本④・伊達家旧蔵本③・貞応二年七月本②ともに「待賢門内北　壬生東」（冷泉家本には「内」の字はない）と勘物を付すが、関西大学本①には記述はない。該本には合点と「閑」が傍記されているのであるから、もともとこのような勘物はなかったと言える。

また88歌の詠者名は、該本・関西大学本①とも「大伴くろぬし」であるが、冷泉家本④・伊達家旧蔵本③・貞応二年七月本②はすべて「一本　大伴くろぬし」と「一本」がある。

三、定家本の中の位置――独自本文

ア、定家本間での該本の位置（巻一～二十）

該本は定家本と認められるが、その定家本の古写三本（②③④）と相異する箇所がまま見られる。定家本は、定家がその本文を書写しながら、校合・校訂をくり返していったことはよく知られている。その中で、該本の本文はどの定家本の本文と近いか、三本間での相異箇所の存する箇所のみを挙げ、比較してみた。但し仮名遣いの相異、朱書・書き入れは採らなかった。（該本と同表現の部分のみ傍線を引く）

巻数	歌番号	甲南女子大学本	貞応二年本②	伊達家旧蔵本③	冷泉家本④
巻一	6歌	うくひすの	鶯の	うくひすそ	うくひすの
	30詞	まかりに	まかりに	まかりに	まかり
	36歌	ぬふてふ	ぬふてふ	ぬふといふ	ぬふといふ
	57詠者	きのとものり	きのとものり	きのとものり	とものり
	59歌	さきにけらしも	さきにけらしも	さきにけらしな	さきにけらしな
巻二	108詞	ところの家	所の家	所家	所家
	134詞	哥合の	哥合に	哥合の	哥合の
巻三	143詞	よめる	ナシ	よめる	よめる
	156詠者	きのつらゆき	きのつらゆき	きのつらゆき	つらゆき
	159詞	題しらす	題しらす	題しらす	ナシ
	249詠	文屋やすひて	文屋やすひて	文屋やすひて	文室やすひて
	289歌	見よとや	みよとや（「か」）※	見よとか	見よとか

巻五	292詠	僧正遍昭	僧正遍昭	ナシ	僧正遍昭
	300詞	けるをよめる	けるをよめる	けるをよめる	けるを見てよめる
	307歌	ひそなき	ひはなし	日そなき	日はなし
巻六	340歌	時にこそ	時にこそ	時こそ	時にこそ
巻七	357詞	かきたりける	かきたりける	かきたりける	かきつけたりける
巻八	374詞	時によめる	時によめる	時によめる	時よめる
	382歌	あるかひは	あるかひは	あるかひは	あるかひも
	387詞	まかりける時に	まかりける時に	まかりけるに	まかりける時
	396歌	みるらむ	見ゆらむ	見る覧	見るらむ
	399詞	けるときに	けるに	ける時に	ける時に
巻九	410詞	いたれりけるに	いたれりけるに	いたりけるに	いたれりけるに
	417詞	人くの	人く	人くの	人くの
巻十	442歌	花ふみしたく	はなふみしたく	花ふみしたく	はなふみちらす
	445詠	文屋やすひて	文屋やすひて	文屋やすひて	文室やすひて
	463歌	あきくれと	あきくれと	秋くれは	秋くれは
巻十一	489歌	ひはなし	ひはなし	ひはなし	ひそなき
	512歌	あはさらめやも	あはさらめやも	あはさらめやは	あはさらめやも
巻十二	556詞	ことはを つかはせりける	ことはを つかはせりける	事を つかはしける	ことを つかはしける
	572詠	きのつらゆき	きのつらゆき	紀つらゆき	つらゆき
	584歌	あきのよの	秋の田の	秋のよの	秋の田の
巻十三	656歌	人めをよくと	人めをもると	人めをよくと	人めをよくと
	663歌	いろにいてめや	いろにいてめや	色にいてめや	色にいてめやは
巻十四	697歌	しきしまの	しきしまの	しきしまや	しきしまの
	745詞	いそき	いそき	いそき	いそきて
巻十五	764歌	おもはぬを	おもはぬを	おもはぬに	おもはぬを
	783歌	こゝろのこのはに	心このはに	心のこのはに	心のこのはに
	797詠	こまち	こまち	小野小町	こまち
	798詠	読人しらす	ナシ	よみ人しらす	よみ人しらす
巻十六	831詞	おさめてける	おさめてける	おさめてける	おさめける
	846詠	文屋やすひて	文屋やすひて	文屋やすひて	文室やすひて
	849歌	きみをわかれし	君にわかれし	君を別し	君をわかれし
	852詞	身まかりてのち	身まかりてのち	身まかりての、ち	身まかりてののち
巻十七	892左註	したくさおいぬれは	した草	したくさおいぬれは	したくさおいぬれは
	930詞	よめる	よめる	よめる	ナシ
巻十八	938詞	ふんや	文屋	文屋	文室
	961詞	なかされて	なかされて	なかされて	なかされ
	962詞	つのくにのすま	つのくにすま	つのくにのすま	つのくにのすま
	997詠	文屋ありすゑ	文屋ありすゑ	文屋ありすゑ	文室ありすゑ

巻十九	1003歌	1005歌	1027歌	1032歌
	くすりかも	はつしくれ	おほしといふ	山の
	くすりもか	うちしくれ	おほしといふ	山の
	くすりかも	はつ時雨	おほしてふ	山も
	くすりもか	はつしくれ	おほしてふ	山の

※「みよとや」の「や」を消して「か」

右表より、該本はどちらかと言うと貞応二年七月本②に近いことが見て取れよう。

イ、該本と平安鎌倉古写本との異同（巻一〜六）

該本は定家本と認められるが、定家本の古写三本と相異する箇所が見られる。その三本と比較した結果認められた独自本文の箇所を、平安鎌倉書写の他系統の諸本と比較すると、単なる書き誤りではなく該本が平安古写本の姿を残していると推定される箇所が見受けられる。校異に用いた本文の都合もあり、巻一から巻六までを示したい。用いた本は以下の通りである。猶、仮名遣いの相異は採用しない。

《校異に用いた本文》

筋切　**筋**

縦に銀線の入った料紙であるので、「筋切」と称する。筆者は藤原定実で、久曾神昇氏によると康和三（一一〇一）年ごろの書写か。上帖は最初に真名序、次に仮名序があり、巻一から巻十まで完存している。下帖はすべて分割せられ、部分的に断簡として存している。[14]

元永本　**元**

上帖の奥に「元永三（一一二〇）年七月廿四日」とあり、書写年代と推定され、それ故「元永本」と称される。完本として『古今和歌集』最古の写本である。仮名序のみ存す。金銀箔を蒔いた装飾料紙を用い、極めて美しい（国宝）。筆者は、筋切と同筆で、藤原定実と推定される。（『古今和歌集　元永本（上・下）』〈講談社〉から影印本）

関戸本　**関**

完本ではないが、大部分たる一帖が関戸家にあるので「関戸本」と称する。現存するのは、巻一〜四、十〜十六と巻二十の断簡である。雁皮質の染紙を用いる。藤原定頼の筆跡かとする説がある。その推測に従えば、『古今和歌集』成立後わずかに百年余り後の写しということになる。[15]

伝藤原公任筆本　**公**

元永本と同じ頃、十二世紀ごく初めである平安時代書写の豪華装飾本。二十巻揃った完本である。真名序・仮名序ともにない。（『伝藤原公任筆本　古今和歌集』〈旺文社〉から影印本）

雅経本　**雅**

飛鳥井雅経筆本。崇徳天皇本の転写本の写しで、建久三（一一九二）〜七（一一九六）年ころの書写とされ、完本としては三番目に古い。仮名序のみある。[16]

前田家本　**前**

前田家蔵清輔本（尊経閣文庫）。保元二（一一五七）年に藤原清輔が書写した本の転写本であるが、奥書によると元弘（一三三二）以前の鎌倉中期ころの書写。仮名序・真名序を具備するが、六箇所の欠脱があり、完本ではない。真名序は巻末に付く（『古今和歌集　清輔本』〈尊経閣叢書〉から複製本）。

俊成本　**永・建**

永暦二年本…永暦二（一一六一）年に藤原定家の父俊成が書写した本の転写本。国立歴史民俗博物館蔵など。仮名序・真名序ともに揃うが、仮名序の注記によると、真名序は他本から補ったものとする。（『国立歴史民俗博物館蔵　貴重典籍叢書　文学篇第一巻』〈臨川書店〉から影印本）**永**

建久二年本…建久二（一一九一）年に俊成が書写したものの転写本で、上帖の奥書によると建長三（一二五一）年書写。穂久邇文庫蔵。真名序・仮名序の順で巻頭に置くが、巻一（春上部）などに脱落がみられ、完本ではない。（『日本古典文学影印叢刊　古今和歌集』〈日本古典文学会〉から影印本）**建**

巻数	歌番号	定家三本（冷泉家本④表記）	甲南女子大学本	甲南女子大学本と一致本
巻一	21詞	みかと	みかとの	筋元公前建
		おまし〳〵ける	おはしましける	筋元雅公前建永
	25詞	ときに	とき	筋元公建
	33歌	あはれと	あはれに	筋元関
	62詞	よみける	よめる	前
巻二	72歌	たひねしぬへし	たひねしつへし	雅公建
	75詞	みてよめる	みて	筋元
	82詞	よみける	みてよめる	建
	88詠者	一本　大伴黒主	大伴黒主	筋元永
	92詞	哥合のうた	哥合哥	建永
	108詞	歌合せむとて	歌合せむと	筋元雅公前建永
巻三	143詠者	そせい	そせい法し	筋元雅建永
	153詞	哥合のうた	哥合哥	建永
	166歌	くものいつこに	くものいつくに	雅
巻四	173歌	あまの河原に	あまのかはなみ	筋元雅関
	179詞	なぬかの日の夜よめる	七日よめる	筋元
	211左註	なりと	なり	筋元雅関前建永
	227詞	みてよめる	みて	筋元建
	242詠者	平定文（平貞文③）	貞文	元公雅関前建永
巻五	256詞	とき	ときに	前
	259歌	このはの	このはも	雅前
	272詞	うへたりけるに	うへたりけるを	雅前永
	289歌	かすをみよとか	かすを見よとや	雅
	305詞	むまを	むま	雅前建永
巻六	316歌	きよけれは	さむけれは	筋元雅前建

以上巻六までであるが、特に筋切・元永本との一致が多く、該本が他の定家本よりも平安書写の姿を残していることが伺えよう。

ウ、該本の独自本文

該本には、他の『古今和歌集』諸本の本文と比較し、独自本文ではないかと考えられる箇所が数箇所ある。それを書き誤りとするか独自本文とするかは、今後詳細に分析していく必要があると思われるが、今回二箇所のみ提示したい。

　　人のせむさいにきくにむすひつ
　　けてうえける哥　　在原なりひらの朝臣
268　うつしうへはあきなき時やさかさ覧
　　花こそちらめねさへかれめや

この歌は、『伊勢物語』五十一段・『大和物語』百六十三段にもあり、『業平集』『古今和歌六帖』にも採られているものである。定家本をはじめ主な『古今和歌集』諸本はすべて「うへしうへは」となっている。ただ『伊勢物語』の写本の一部には、該本と同じ「うつしうへは」がある[17]。「へ」と「つ」はよく似ており、誤写される可能性が大きいものの、該本は「津」のくずしである。該本の歌の意は、「移し植えておいたならば、秋がない時があれば咲かないこともあろうか、いや秋がないことはないのだから必ず咲く。また花は散っても、根は枯れるだろうか、いや根まで枯れはしないだろうから、毎年秋になると菊の花は必ず咲くだろう。」となろう。猶、①の関西大学図書館蔵（建保五年奥書）本も、「うつしうへは」となっている。

　　　　　　　　　　　　　きせん法し
983　わかやとはみやこのたつみしかそすむ
　　よをうちやまと人はいふなり

であるが、この歌は該本の仮名序においても初句は「わかやとは」と記されている。『百人一首』にも採られる喜撰法師の歌で、「我が庵は都のたつみしかぞ住む世をうぢ山と人はいふなり」が一般に流布している。該本は二箇所とも「わかやと」となっていることからも、単なる書き誤りとは言えないであろう。しかし平安鎌倉書写の伝本をみてもこのような本文は見出せない。

四、まとめ

以上、甲南女子大学本『古今和歌集』の特徴を述べ連ねてみた。該本は、おそらく貞応二（一二二三）年七月以前建保五年以後に、藤原定家が書写したものを転写したかと推測される。その本文は、平安書写の古い姿を有していると言えよう。ただ奥書等がなく、書写年を判断できる手がかりがないのは誠に残念である。この建保五年から貞応二年七月の間にも定家は貞応元年に少なくとも四回（貞応元年六月一日・貞応元年六月十日・貞応元年九月二十二日・貞応元年十一月二十日）『古今和歌集』を書写したことが他の資料などから判明している。該本が、それらのどの系統に該当するのか、或いはそれ以外の書写本の系統なのかは今の段階では不明である。今後更に詳細に比較分析を重ねれば、定家の校訂の過程や、親本の書写年代などを遡及することができるであろう。

注

（1）片桐洋一「解題」『冷泉家時雨亭叢書　第二巻　古今和歌集　嘉禄二年本　古今和歌集　貞応二年本』（平成六年　朝日新聞社）。
（2）片桐洋一「初期の定家本『古今和歌集』―関西大学図書館蔵建保五年奥書本瞥見―」『古今和歌集以後』（平成十二年　笠間書院）。

（3）貞応二（一二二三）年七月に定家が書写した本の系統。御子左家の二条家の古今伝授に用いられたため、最も流布。両序を持つが、真名序は巻末に付く。冷泉家時雨亭文庫蔵に、覚尊法印（為家の息子）が書写し、文永四（一二六八）年四月に為家が校合した本がある。〔『冷泉家時雨亭叢書』〈朝日新聞社〉から影印本〕②

（4）伊達家に伝わったので、「伊達家本（伊達家旧蔵本）」と称する。現在個人蔵。藤原定家自筆本（重要文化財）である。仮名序はあるが真名序はない。奥書に年号が記されていないため、書写の時期は分からないが、片桐洋一氏説によると貞応二年七月本と嘉禄二（一二二六）年四月本の間に書写されたか（注（1）参照）。久曾神昇氏は嘉禄三（一二二七）年閏三月十二日書写本に該当するとする。同氏「解題」『藤原定家筆　古今和歌集　別巻』（平成三年　汲古書院）。〔笠間書院・汲古書院から影印本〕③

（5）嘉禄二（一二二六年）年四月に定家が書写した本（国宝）。冷泉家時雨亭文庫蔵。仮名序はあるが真名序はない。〔『冷泉家時雨亭叢書』〈朝日新聞社〉から影印本〕④

（6）注（1）参照。

（7）注（2）参照。

（8）小松茂美『古今和歌集　元永本（上・下）』（昭和五十五年　講談社）。

（9）小松茂美『伝藤原公任筆本　古今和歌集』（平成七年　旺文社）。

（10）藤岡忠美校注『袋草子』（新日本古典文学大系）（平成七年十月　岩波書店）。

（11）古筆切の筋切は、巻頭に真名序が位置していたことが判明している。筋切は、久曾神昇氏によると康和三（一一〇一）年ごろの書写か。上帖は、最初に真名序、次に仮名序があり、巻一から巻十まで完存している。下帖は、すべて分割せられ、部分的に断簡として存している。〔『和漢墨寶選集　第二十六集　藤原佐理　筋切　真名序・仮名序』・書藝文化新社〉から影印本〕

（12）該本の真名序の性格については、拙稿「甲南女子大学蔵本『古今和歌集』真名序の翻刻と性格」『甲南女子大学研究紀要第48号　文学・文化編』（平成二十四年三月）参考。

（13）日付を総覧日とするか撰集開始日とするかは諸説分かれるが、今回は片桐洋一氏の説「総覧日」に従う。

（14）筋切の影印は、『原色かな手本　第十三集　筋切　通切』（昭和五十九年五月　二玄社）に一部収録されているが、主に久曾神昇『古今和歌集成立論　資料編』（昭和三十五年　風間書房）の翻刻に依った。

（15）関戸本の影印は、『原色かな手本　第十九集　関戸古今集　続』（昭和六十三年八月　二玄社）に一部収録されているが、主に久曾神昇『古今和歌集成立論　資料編』（昭和三十五年　風間書房）の翻刻に依った。

（16）雅経本は、久曾神昇『古今和歌集成立論　資料編』の翻刻に依った。

（17）この歌の異同・語釈に関しては、片桐洋一『古今和歌集全評釈（上）』（平成十年　講談社）に詳しい。

本書の出版に際しては、甲南女子学園の平成二十四年度学術研究及び教育振興奨励基金から助成金を受けた。

猶、該本（甲南女子大学本）の書写年代の鑑定については、関西大学教授田中登氏にご尽力賜った。厚く御礼申し上げたい。

嘉禄二年四月書写の定家自筆（冷泉家）本所収和歌との異同箇所

歌番号（○は句数）　該本―定家自筆本の順で示した。
嘉禄二年四月書写の定家自筆（冷泉家）本の歌及び歌番号は、その翻刻を収めた『古今和歌集全注釈（上）（中）（下）』（片桐洋一著　講談社　一九九八年）を参考にした。

33②　かこそあはれに―かこそあはれと
36②　かさにぬふてふ―かさにぬふといふ
51②　われみにくれは―わかみにくれは
58①　たれかしも―たれしかも
59②　さきにけらしも―さきにけらしな
71⑤　はてしうけれは―はてのうけれは
72⑤　いつちわすれて―いへちわすれて
109①　こつたえは―こつたへは
123⑤　こよひきなくに―こよひこなくに
138①　さつきには―さつきこは
166③　くものいつくに―くものいつこに
167②　すゑしとそ―すへしとそ
173④　あまのかはなみ―あまのかはらに
259④　やまのこのはも―やまのこのはの
268①　うつしうへは―うへしうへは
269③　みるくきは―みるきくは
272①　ありあけの―あきかせの
307⑤　ぬれぬひそなき―ぬれぬひはなし
323②　ふゆこもりける―ふゆこもりせる
351②　すくるつきひは―すくすつきひは
355②　ちよのちをは―ちとせののちは
382③　あるかひは―あるかひも
403④　いつれをみちて―いつれをみちと
415⑤　おほほゆるかな―おもほゆるかな
442②　はなふみしたく―はなふみちらす
444⑤　そむるはかりそ―そむるはかりを
453②　もゆともみぬに―もゆともみえぬ
463①　あきくれと―あきくれは
489⑤　こひぬひはなし―こひぬひそなき
541③　したひもの―いれひもの
551②　すかねしのき―すかのねしのき
584③　あきのよの―あきのたの
617④　そてのみひちて―そてのみぬれて
647①　うはたまの―むはたまの
657①　かきりなく―かきりなき
663⑤　いろにいてめや―いろにいてめやは
690③　やすらひに―いさよひに
783③　あらはにて―あらはこそ
822⑤　なるとおもへは―なりぬとおもへは
833⑤　ゆめにありける―ゆめにはありける
845③　さたかにも―さやかにも
860⑤　おかぬはかりそ―をかぬはかりを
891④　もとくたりゆく―もとくたちゆく
901④　ちよもといのる―ちよもとなけく
915⑤　まちわたりけれ―まちわたりつれ
977②　ゆきやしにけむと―ゆきやしにけむ
983①　わかやとは―わかいほは
1003※　くすりかも―くすりもか
1015⑤　なかしといふよは―なかしてふよは
1018③　はなのすかたの―はなのすかたそ
1027④　わかおほしといふ―われおほしてふ
1064⑤　なるとみるへく―なるとしるへく
1081④　ぬふといふかさは―ぬふてふかさは
⑤　むめのはなかな―むめのはなかさ

※1003歌は、長歌。

米田明美（よねだ・あけみ）
一九七七年　甲南女子大学　国文学科卒業。一九八五年同大学大学院　文学研究科博士後期課程（国文学専攻）単位取得満期退学。一九九四年博士（国文学　甲南女子大学）取得。一九九七年　第四回関根賞受賞。二〇〇五年　甲南女子大学特任助教授。二〇一一年　同大学教授、現在に至る。
※主な著書に『風葉和歌集の構造に関する研究』（一九九六年　笠間書院）、『源氏物語鎌倉古写本　梅枝・紅葉賀』（二〇一〇年　勉誠出版社）、共著として『寝覚物語欠巻部資料集成』（二〇〇二年　風間書房）などがある。

重要古典籍叢刊６

伝慈円筆　古今和歌集　甲南女子大学蔵

二〇一三年三月三〇日　初版第一刷発行

編　者　米田明美
発行者　廣橋研三
発行所　和泉書院

〒543-0037　大阪市天王寺区上之宮町七―六
電話　〇六―六七七一―一四六七
振替　〇〇九七〇―八―一五〇四三

印刷・製本　大村印刷

定価はケースに表示　装丁・上野かおる

ISBN978-4-7576-0657-9　C3392